西游记

金丹揭秘

孙悟空是先天一气的化身，金箍棒是先天一气的用

孙悟空出世

韩金英◎著绘

团结出版社
UNITY PRESS

图书在版编目（ＣＩＰ）数据

孙悟空出世：西游记金丹揭秘 / 韩金英著、绘 . --
北京：团结出版社，2014.9（2024.5 重印）
ISBN 978-7-5126-2922-6

Ⅰ . ①孙… Ⅱ . ①韩… Ⅲ . ①长篇小说 – 中国 – 当代
Ⅳ . ① I247.5

中国版本图书馆 CIP 数据核字 (2014) 第 145783 号

出　版：团结出版社
　　　　（北京市东城区东皇城根南街 84 号　邮编：100006）
电　话：（010）65228880　65244790（出版社）
　　　　（010）65238766　85113874　65133603（发行部）
　　　　（010）65133603（邮购）
网　址：http://www.tjpress.com
E-mail：zb65244790@vip.163.com
　　　　tjcbsfxb@163.com（发行部邮购）
经　销：全国新华书店
印　装：天津市盛辉印刷有限公司

开　本：170mm×230mm　　16 开
印　张：11.5
字　数：100 千字
版　次：2014 年 9 月　第 1 版
印　次：2024 年 5 月　第 3 次印刷

书　号：978-7-5126-2922-6
定　价：41.00 元

目录

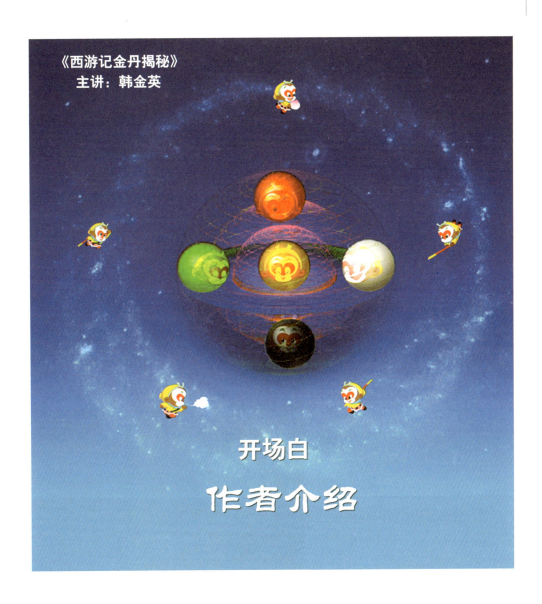

视频：http://www.tudou.com/programs/view/_I-3yJRaHKY/

观众朋友大家好！今天我们开始讲《西游记金丹揭秘》。首先介绍作者。据专家考证，作者不是通常说的吴承恩，而是金丹祖师丘处机。丘处机是王重阳的七个徒弟——全真七子之一。

金丹的历史传承，最早是老子的《道德经》，老子传给了尹喜，历史上称文始派，是最上乘的自然无为法门。这一性命双修的金丹大道，沿着四条脉络往下传：第一条主线人物是少阳派东华帝君王玄甫，钟离权，吕洞宾，张伯端，王重阳；第二条主线人物是庄子；第三条主线人物是西华帝君，张果老；第四条主线人物是麻衣道人，陈抟、火龙真人、张三丰。

丘处机是宋代金丹北派祖师王重阳的徒弟。在宋元时期，丘处机是一个历史的巨人，他是思想家、文学家、养生家、医学家、宗教家，是一个全方位的通才。

丘处机

孙悟空出世

西游记金丹揭秘

他的最重要的主张是儒、释、道三家合一。他在 74 岁的时候，不远几万里，去蒙古劝成吉思汗戒杀爱民。他主要的著作《大丹直指》，把历代传承下来的金丹，更简单化、更明确，是字数很少的一部精华著作，"大道至简"在《大丹直指》上体现得非常的突出。他的随从根据他西游的经历，写了一本叫《长春真人西游记》的书。他跨越了宋、金、元三个时间段，是历代的统治者和老百姓都共同尊重的一位历史的巨人。所以《西游记》这本书不是一个普通人写的，他是一个成道的真人写的，这本书和一个普通的才子学人写的书是不一样的。普通人写的书词藻华丽，但义理浮浅；真人写的书，语言简单，而天机奥秘就在他朴素、通俗的故事里，成道心法就隐藏在字里行间。所以我们应该很恭敬地读《西游记》。丘处机去世的时候，整个北京城瑞香氤氲三天。后来皇帝给了他至高无上的称呼，

老百姓也对他非常的怀念，以他的生辰——正月十九设立了"燕九节"，是北京的一个重要的民俗节日。

　　丘处机主张三家合一，也就是儒、释、道三家合一，《西游记》非常突出地体现了他的这个思想。儒家的河图、洛书、周易，佛家的《心经》、《金刚经》，道家的《道德经》、《黄庭经》、《周易参同契》、《悟真篇》，等等，儒释道三家的这些主要经典融会贯通在《西游记》里。从一个普通人成为一个圣人的过程，就是老子说的"修之身，其德乃真"，

三家合一

通过真实的实践，把本心修出来——光靠一家是不行的。比如说光靠悟，光悟了不行，佛家讲开悟，悟这个真如本性，但是悟了能成吗？悟了就成了吗？悟了还不能成。悟了还必须要行，悟道还要证道。

证道就是用你的身心把它给证验出来，把它给体现出来，这叫证道。过去出现的各种各样的有为法，那是后天的人的意识，是在后天人的肉身上用功夫，后天的东西是阴气，它是成不了的，那么多的方法成就不了一个人。必须要三家合一，就是儒释道三家合一。 三家合一具体来说，就是人的精气神。人的精气神作为人体的精华和天地日月的精华合一。你的肉身，你的五脏，你的内五行，你内在的后天的五行和天地的金、木、水、火、土五大行星的外五行要合一，也就是天人合一。

天人合一是一个很具体的、很实在的过程，这个过程是一步一步的、脚踏实地的发展变化过程，是人得了先天一气后慢慢的一个变化的过程，是人体后天返先天的系统工程，是人的精神体、人的身心灵，重新地再生，也就是我们说的灵魂的再生。一般人是死了以后，然后再投胎才能重生。修道是什么呢？就是我们活着的时候，我们有这个肉身、活得好好的时候，我们的灵魂已经再生了，已经变成另外一个我，或者说已经找到了真我，看到了那个永恒的我，活生生地，体现在这个有限的时间、空间里头，这就是修道。

河图、洛书、周易，讲的是万年的古道。易经的那一个阳爻，天地的这口元气和我们人的身心灵之间的联系，它的奥秘，易经讲的是这个。佛家的《心经》、《金刚经》讲的是我们的心性，是说我们最本来的这个自然之心，是在我们肉身还没有形成的时候先有了它，它就是天地的一口元气、德一元气，它投胎进来，肉身形成以后，就是我们的自然之心，就是我们的本性，也就是我们的神，精气神这个神。佛家讲的是你要回归本性，将你本来的大智慧开发出来，这是佛家说的心性。道家的《周易参同契》、《黄庭经》、《悟真篇》，这些讲的是修身，讲的是人如何获得宇宙能量。人体内在的精、气、神是炼丹的大药。这个丹就是阴阳混一之气，是天地的元气，进到我们身体里来，就是我们先天那口元气，作为我们的自然之心，也是我们的本性能量。精、气、神是人体的精华，人体的精华来自宇宙的精华，宇宙的日精月华。太阳的一个小的微尘，一个小的粒子——

《金丹大道》（油画，作者韩金英）

现在西方科学界叫它"上帝粒子"。太阳的这么一个小微粒，进到我们人体，就是我们的先天元气，道家叫"一点灵光"，佛家叫"圆明本性"，就是这个东西。用《西游记》作者丘处机的话说，我们人一身都是阴性的，只有这一线阳光，就是太阳光里头的一点光，那就是我们的本性，也就是我们原始的灵魂，它的能量的状态就是一点灵光。所以说如果光是佛家的东西，光是修心性，行不行呢？不行。就是你光悟本性还不行，你还要实践，实践就是一个印证的过程。

证道的过程是内在的五行——你的金、木、水、火、土五脏之气，和宇宙虚

老子传铅汞仙丹之道

老子传尹喜

空金、木、水、火、土五大行星，内外五行两者合一。这个合一的过程，是"五行浑化见真如"，就是精气神合一，人体的那个先天的状态、你投胎的先天的这一缕阳光，必须在你的精气神合一、五行合一的基础上才能重新地显现，才能重新地把它再给修证出来。这就是性命双修的金丹大道。你既要修心性又要修命，而这个命不是那个有为的，说在这个肉身上要怎么做，要用什么意念、意识，人的思想意识来怎么操作，不是，它是无形的，不能执着于思想意识，也不能执着于肉身，它是无相中的妙明真理。它是这样一个学说。所以整个《西游记》都在讲这个金丹大道，讲天人合一，它是儒、释、道三家合一的。因此你如果是儒家的，你是儒家思想的信奉者，你得了金丹你就成为圣人；你是信佛家理论的，你是修佛的人，你得了金丹你就成佛；你是信道家的，学道的，得了金丹你就成为大罗金仙，就成为圣人。其实仙、佛、圣是一个东西，就是宇宙本元那个"一"，它是一个智慧和能量合一体。它不光是一个空的思想智慧，它也不光是能量。如果你是人为操作的能量，它是后天的，后天是有限的，后天是阴气、阴性的，随着肉身消失，所有修炼出来的东西就都消失了。而三家合一的金丹大道所修出来的这个一灵真性，这个能量和智慧体，这个金丹，它是永生的，它不会随着你的肉身消失而消失，它是永恒的，有一句俗话叫"灵魂永生"，金丹就是这个。《西游记》中所有的妖怪都想吃唐僧肉，指的就是金丹。

"金"是金刚不坏、永远存在，"丹"就是阴阳合一之气。这个"阴"是谁呢？"阴"指你投胎来的那口元气，作为你的元神，作为你的身心灵的那个灵，那个神就是阴；"阳"就是天地的德一元气，就是这样的一对阴阳所培养出来的金丹。金丹大道讲的开玄关，老子讲的"玄之又玄，众妙之门"，就是这个虚无的丹。这个金丹才是长生久视之道，也就是说，它是永远在天地存在的一个高能量。这个能量它是非常厉害的。像我们初学者吧，稍稍得了一点这个能量，很快就会变化，老太太月经返还啊，皮肤泛出白玉的光泽。还有，一个人学了，他周围的人，父母、兄弟姐妹、朋友啊，他们也没有学，但是因为这一个人学了以后，有这种无形的影响，他们就会发生变化。人像一个太阳，照到哪里哪里亮。太阳最原始的光，就是我们投胎那口元气，当你把这口元气重新接回来以后，你身上所携带的太阳光，就不像普通人了，你就像太阳一样，走到哪，哪就发光，谁见到你谁就得好处。不懂的人，也不修的人，受到了先天一气的人的间接影响，头盖骨三沟九洞就烧开了，阳骨开八瓣，向宇宙敞开。不学的人，也不懂的人，就是因为他家里有一个人学了，他的阳骨也开八瓣了，天地的元气就直接进入了。这种很金贵的能量，古代叫"万两黄金不换一丝半忽"，它是无价的。人世间什么东西都有价，它没有价，它不能拿钱衡量。

　　一个人的一生，最伟大的人能创造多少价值？可是这个东西它是什么，它是让一个人不仅是这一生，是多生、多劫的智慧能量打开，而且精神体永生不死。你说他所发挥的作用，他对社会创造的价值，根本就无法衡量，所以万两黄金一丝都换不来。因为它确实是太伟大了、太尊贵了。

钟吕传道

在历史上最早的时候，中国这个万年的古道，发明易经，已经有万年的历史。后来易经用一种规律性的东西，用六十四卦，用阴阳之间的变化，反映天地的阴阳和我们的关系，和我们人的出生、成长，和我们整个一生有什么关系，易经就在表现这个。也就是说当你还没有修成的时候，你元神的大智慧没有打开的时候，易经就作为一个工具，就作为元神思维的一个工具，它让你知道人天合一这个天道的大智慧。

　　后来到轩辕黄帝的时候，人就开始修道。黄帝问道广成子，是用一种问答的形式，方式很简单。到后来出现了《道德经》，出现了《黄庭经》、《钟吕传道集》。这些经典还是从理论上非常简练地说修道，说人天之间的这个奥秘、这个玄理。而对一般人来说，光看理是不够的，要真正把它变为现实，变为一种实践就很困难。中国古代有一个词，叫"神州大地"，是说在中国古代神仙是遍地走的，中国的道文化是非常普及的。那个时候的知识分子，半天工作半天修道，是非常注重实践的。但是因为玄理很深又很秘密，从来都是"六耳不传"的，因此，修行起来就非常困难。到了宋元时期，理论已经很完善了，成千上万的人实践成功。从唐代以后，中国修成的神仙非常多。《西游记》就是在理论成熟的宋元时期出现的。

《西游记》把大道的玄理和一个人怎么修道的实践过程结合在一起，让人"理事无碍"：有理论，理论是通透的；有实践，有事例，把它们糅合在一起。因此《西游记》在历史上，从中国文化角度来说，它就是一个很大的转折。它把事和理放到一起了，对很多人通过《西游记》，通过故事，通过事例，来领悟简单的文字中蕴含着的很深的天人合一的天道，领悟天道的玄理，有很大的帮助。但是《西游记》又很深，它是一个写神仙世界的神话故事，写的是修道界的事，不是人世间吃喝拉撒的世道，它说的是天道，这个天道是很深的。

看《西游记》，如果像一个普通人一样用后天意识看，就是看热闹，就很难知道《西游记》说的是什么。你看现在《西游记》，拍了这么多电影电视剧，现在又拍新版的电视剧，又是游戏的《西游记》，这么热闹。这么热闹是什么？是无形的历史空间，已经到了这个时空点，就是大道的兴盛这个历史时空点已经到了，它表示的是这个。可是如果你作为一个普通人，作为一个俗人，也就是看热闹，不知道里边说的是什么，你也得不了真东西。清代的时候有两位高人，一位叫"悟一子"，一位叫"悟元子"，他们注解了《西游记》，点出了一些奥秘。我这次讲西游，部分地参考了他们二位的注解。

天、地、人为三才，看第11页《人体黄金》那张画。无形的先天一气生了天，生了地，人在中间。这个笼子就是五行八卦———个时间、空间的网，我们人被囚禁在这个笼子里，身心灵受到制约。当你得到了先天一气，我们灵魂里的原始能量（叫"灵阳之气"，也叫宇宙的元气）以后，你的身体就会返老还童，

丘处机

这是第一步。之后就脱胎换骨，就变成什么呢？变成"人体黄金"（你看第11页这张画用金色画的人体，就是人体黄金），也就是圣人的身体。

人要跳出这个八卦炉，要跳出阴阳、五行对人的制约，就要回到"一"，把阴阳合一，要回到你自己最原始投胎的那口元气上。阴阳怎么合一呢？人的阴阳在这张画上用头部的蟠桃和腹部的人参果表示。当你的人参果和蟠桃都修出来的时候，阴阳就合一了。孙悟空大闹五庄观，把人参果树给毁了，后来观世音菩萨又把人参果树救活了，那一回讲的是人参果。孙悟空大闹天空，偷吃蟠桃，几千年才能熟的蟠桃，他吃了个饱。讲大闹天宫，实际上讲的是我们大脑的革命。先是腹部肾区这个地方变化，先天的真阳起来，真阳起来以后，上到大脑，对大脑进行改造，就是自身的真阴和自身的真阳合一，在合一的时候，同时就把天上的真一这个德一元气带进来了，这个先天很尊贵的真一能量、德一元气能把你的身体脱胎换骨。

我的这幅画的名字叫《人体黄金》，就是把人变成一个圣人的身体、一个十六岁的孩子的身体、一个纯粹先天的纯阳体，就是这样的一个变化过程。画里的孙悟空，表示的就是先天的元气；太极球讲的是金丹。后天的"二"怎么变成先天的真一呢？要阴阳合一，《人体黄金》这幅画讲的就是这个。当你得了这个

《人体黄金》（油画，作者：韩金英）

"一"的时候，你才能跳出人体八卦炉，跳出阴阳五行对你的制约。比如说你是个木命，你生的那年是个木，到金年的时候，金克木，你就很衰，到水年的时候，水生木，你就兴旺，由盛到衰的轮回，你总在这个圈里转，上来下去、上来下去，这是你活着的时候。死了呢？死了以后你人就什么都没有了，你的魂魄一散，肉身一化解就归入大地，就没有了。而得了"一"、得了金丹的人，他的肉身化掉，但是他的灵魂已经升华，成为先天的元神。金丹就是人的灵魂体的能量状态，它永恒不坏，叫不灭的元神。

你开了玄关，得了天地元气，你就可以跳出五行。比如说一般人被克的时候，他就不敢动，就很倒霉。但你如果是得了"一"的人，五行这个规律就限制不住你了，你永远是想怎么样就怎么样，这个时候特衰、那个时候特盛的五行生克规律对你就不起作用了。即使你不在了，你的精神体永在，后人通过你的书、通过你的画、通过你的精神的承载体，一念感应，就能接收到你的智慧能量。你所带的巨大的宇宙的本元能量，那种很高级的、太阳光里的、那种万两黄金不换的高能量，一念感应，这个能量就传给他，就会发生很玄妙的变化，这个就叫"脱根救"。我们灵魂这个根，只有天地元气这个真一能量，它能帮我们脱这个根，摆脱一辈子一辈子无休止的轮回；活着的时候是阴阳盛衰的轮回，死了以后，是一生一世的轮回。我们所以有这样的轮回，就是因为我们的那个根脱不掉，而天地的这个元气，只有它能够帮我们脱这个根。《西游记金丹揭秘》讲的就是从根上对人的帮助。

《西游记金丹揭秘》
主讲：韩金英

第一回

灵根育孕源流出
心性修持大道生

观众朋友，大家好！今天是腊八节，今天我们讲《西游记金丹揭秘》第一讲——大道灵根。http://www.tudou.com/programs/view/5LP7zsIDktg/

《西游记》是唐僧取经的故事。整个一百回的小说，前面七回写的都是孙悟空，写孙悟空的出生和成长过程，这七回是全书的总纲。第一回是很重要的，第一回讲孙悟空的诞生。普通人都是父母生的，可孙悟空是从石头里出来的。石头里出来是什么意思呢？我们现在就边看小说边来分析。

《真阳之火》（油画，作者：韩金英）

一、题解

《西游记》第一回的题目叫《灵根育孕源流出　心性修持大道生》。这个"灵根"是什么呢？是在我们肉身还没有影的时候，天上的一口元气叫"先天一气"，也叫"德一元气"，因为它是我们身体还没有的时候的那个我，所以说是人体的先天，也叫"真一之气"。这个真一，当它投到父精母血里头、投胎进来后，这个先天的"一"，就变成了后天的"二"，这个后天的二，一个在大脑，一个在肾，在这两个地方，一

14

个是阴，一个是阳。

《道德经》里有一句话："躁胜寒，靓胜炅。""靓胜炅"的这个"炅"，指的就是人体先天元阳真火，指的就是投胎时先天那口元气，刚刚一分为二，这个二就是人体的先天的真阳和真阴。这个炅，就是真阳，肾为先天之本，先天肾气就是这个。这个炅，这个先天的真阳，它是一个什么状态呢？就像人的后背、腰起火了似的，整个人被电感充满，那种阳亢的状态就是"炅"，人体先天的元阳真火。"靓胜炅"讲的是真阳发动起来的时候，你能够不动心，能够不慌张，空静地对治这个真阳。这个"靓"就是你的真阴，只有你的真阴才能对治这个真阳。如果你慌张，你焦躁，那就是后天的人心。这个后天的人心不仅治不了这个火，反而火上浇油，怎么都灭不掉这个先天的火。靓是什么？靓就是大道之根的真阴。先天真阳在腹部叫"炅"，在头部的松果腺神的名字叫"炅儿"，它是真阳转化出的真阴。

"灵根"是什么？灵根实际上就是这个真阳。炅儿就是这个灵，在大脑里是这个灵，在底下呢，就是灵根。"灵根育孕源流出"，"源流"指的什么呢？灵根和这个灵在真阳发动起来时，上下循环成为一个整体，你投胎的那口原始祖气就重新接通了。"灵根育孕源流出"讲的就是你投胎的最原始的那口元气，那个本元，就因为真阴真阳合一，那个本元能量就能够接通了。

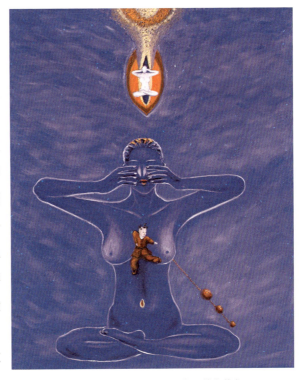

《真阴之水》（油画，作者：韩金英）

"心性修持大道生"，静，就是没有思想，没有意识，是一种空的状态，而这个空不是顽空，是自然的空，空中出妙有。一空你就能感受到能量，这个空和那个能量变成"一"。一个人，他得这个元气能量，他得的多还是得的少，他得的是不是持久，是不是一天一天在发展进步，靠的是什么呢？靠的是心性，这个心性就是能量，靠你能简单、空静。你静了以后就跟这能量在合一，那是一个无我的状态。假如你有很多的后天的意识、思想，比如面子、妒忌、攀比等，有这些东西在挡道的话，你就不静了，你的灵根和灵的合一，这个结合，就被你的思想给挡住了。"心性修持大道生"，不是说修心性人能空了，就是大道了，不是。是说你的思想意识要退位，你要识神退位，后天意识退位。

　　金丹很容易，一个小时就可以结丹，得到真传，很简单，但是难就难在心性上。人处于那种空静的状态，那是一个长期养成的生命状态，一种能量，一种磁场。在社会上和别人打交道，需要动心思，要应付很多麻烦的事情，所以这个思想就很难达到静的那种生命能量状态、那种磁场、那种磁波。可能偶然的一段时间可以，但是不能长久地保持那种深度的空静的状态。也就是说，人的大脑的这个磁场、磁波不对，它是一种糟乱的人心。人心总是想来想去，对大道能量是一种阻碍，所以说"心性修持大道生"。后天的意识心，要把它变得简单了，变得干净了。假如你做不到的话，那大道这个本元的能量的沟通就很困难，灵儿是你的自然本心，人体的自然的统帅，她和大自然

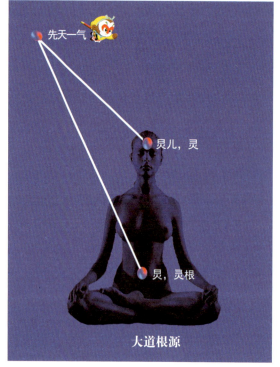

先天一气

灵儿，灵

灵，灵根

大道根源

本来就是一体的。假如你的自然之心不强大，你的人与人之间的那种是非呀、那种利益呀、得失呀，如果是那种心很重的话，那就跟这个大道本元能量是隔断的，所以说"心性修持大道生"。

大道根源就是先天一气，先天一气也就是我们投胎时的那口元气。我们为什么要讲这个？一般的人好像觉得这个东西挺陌生的，但为什么要强调这个东西呢？因为它是与天地齐寿、万劫不坏的那个我，也就是金丹。金丹是谁呢？金丹的材料是什么呢？就是最初的我、最初的那口元气，就是这个。对整个修道来说呢，就是要把这个东西接通。接通了以后，它在你的生命里头进行运作，最后把你的灵儿和炁合一了，把你自己那口先天一气、那口元气给修出来，修道修的就是这个。

先天一气是什么？就是灵根。大道的体就是先天一气，一切的生命都因它而生。《道德经》的第一章《体道》："道，可道，非常道；名，可名，非常名。无，名天地之始；有，名万物之母。故常无欲，以观其妙；常有欲，以观其窍。此两者，同出而异名，同谓之玄，玄之又玄，众妙之门。"这第一章讲的就是先天一气。"无，名天地之始"是说这个先天一气，它是看不见的，它是一个无形的，它是无中生出来的，它是一个最原始的能量。"有，名万物之母"是说这个先天一气是"道生之，德畜之"，无形的道生了这个德一，这个元气。这个先天一气，就是一点灵光，光珠悬于虚空中，为万物之母。当这个一气产出来了以后，它就像一个元气泡泡。

我们看《先天一气》这幅画。这幅

《先天一气》（油画，作者：韩金英）

17

画是一个小孩，只有一个头和手，身子是空的，身上全是小气泡泡，这个气泡泡讲的就是德一元气。就是说，每一个人都是衔着天地的一口元气降落在人间，投胎来做人。这个先天一气是"无"中生出来的"有"，当"有"了以后，它就是一个小小的光点。这个小光点，在以前好像是看不见，但是现在用高倍的摄像机，通过镜片的反射，能够很清晰地看到这口先天的元气，它就是个透明的小光球，一个很小的小光点。

"常无欲，以观其妙"，是说平时好像看不到它，好像不存在一样，但是你观察，就有很多玄妙、微妙的事情出现。好像它不存在，但是那个有形的、很微妙的事情其实是它变出来的。"常有欲，以观其窍"，好像它有动静的时候，你能感觉到它在身上一开一阖、一开一阖，好像有一个窍，这个窍它是无所不在的。它有的时候是从头到脚，有的时候整个地上下开阖、左右开阖，有的时候在一个局部，比如在山根祖窍，永远在一开一阖。

修道在唐代就叫修真，更强调什么呢？永恒不变的东西叫"真"。后天的东西，练个什么功，打坐有感受，不打坐感觉就没了，那就不是道。人做的和做了才有感受的就不是道。道不是人做的，不是你的意识能够操纵、能够指挥的。当你达到很高的程度以后，你反过来再看，这个道是你根本不知道的，每一步你根本就不知道，你根本就没有想要去干什么，但是该干什么就已经干了，所以它不是人心的东西。"有"和"无"、"道"和"德"其实是一个东西。

什么叫"众妙之门"？万事万物都是从这儿发生的，也就是说天、地、人都是这一口元气所诞生的。而这一口元气，从《西游记》的描述可以看出来，孙悟空得了这个先天一气，他就有七十二变，有比七十二变更多的玄妙的变化，可以说是无所不能的变化，所以叫"众妙之门"。先天一气就是原始祖气。这个祖气生天、生地、生人、生物，一切都是这个祖气生的，如果没有这口祖气也就没有任何生命。它也是现代科学所说的"上帝粒子"，如果没有这一个粒子，一切的生命就无法存在。它是一个背后无形的能量，因为有了它一切才可能活，如果没有它，一切都活不了，就是这样一个能量。当你有了功力以后你才发现，一切的生命都是这样一个小光点。这个小光点就是我们大脑里的松果腺折射出来的这个神光，不管是猫也好，草也好，鱼也好，人也好，都是这一个小光点，所以它是生万物的祖气。那它是谁呢？它就是我们最本朴的、最原始的那个自然之心。也就是说，这个德—元气刚刚生出来，它还没有分裂的时候就叫"朴"。这个东西它虽然很小很小，就是一个小微粒，但是天下的万物都是因为有了它，才有生机，才能发展，所以它是最厉害的，是最大的能量。就是这口元气，儒

《见素抱朴》（油画，作者：韩金英）

家叫它"太极"，佛家叫它"圆明"，道家叫它"金丹"。儒、释、道三家在《西游记》里头把它合一，讲的是一个东西，讲的就是大道能量、先天一气在我们人身上的作用，讲的就是这个。

心性修持大道才能生，也就是说，人心不死，道心不活。人心是后天意识心，道心是自然本朴之心，人心和道心差得非常非常的远。人心是一种局限的，被自己的价值观、被自己的文化、被自己的思想水平所限制的一个小的思想，人心只是一个点，而道心是一个大的球，是整体的、包含一切的，也叫无分别心，没有善和恶，善和恶都包含在里头，是一个大的心。假如你这个心不能过关，还是后天的计较得失心的话，那修道就很困难。所以我们学习《西游记》，其实很重要的就是修心性，我们的思想意识和大道之真差距非常大，我们要不断地反省自己的思维错在哪，狭隘在哪，障碍在哪，这就是修道。修道其实就是要扫除对自然、天地能量和智慧的障碍，这个障碍就是人的后天意识心，就是从自我出发的人心。《西游记》整个一百回讲的其实就是修正自己的思想，纠正自己的人心，去理解孙悟空，理解元神。理解元神的思维就是修道，修道非常简单，可以说非常快捷，但是难就难在人心，这个人心是一个弱智，是愚昧的，一直都是它在挡道。

《道德经》里的《得一》章，说："天得一以清，地得一以宁，神得一以灵。"人之根就是先天一气，人的灵根得了这个是包罗万象的"一"，它包含了智慧和能量、一个东西还没有发生的时候，它是一种无形的能量状态，而一切的事情都是因为有了这个能量，这个德—元气才可以发生，才可以生长叫"得一万事毕"。你得了这个"一"，所有的事情的出现是能量汇集的结果，有了能量，事情就变得非常的快捷简单，就像孙悟空七十二变，很多东西很快地就变化出来了。这个变化也不是我们后天意识理解的变化，我们在以后讲《西游记》的过程中慢慢地分析。

这个"一"它是先天的，它在后天怎么表现呢？就是阴阳、五行、八卦。阴阳、五行、八卦是"一"的后天的形式。这个"一"是原始祖气、是先天的。

《一圣神》（油画，作者：韩金英）

先天一气是怎么产生的呢？《西游记》的开始就在讲先天一气的产生。一般的人看《西游记》，好像觉得写的东西那么遥远，跟我们有什么关系啊，一来就是什么"开辟鸿蒙"（《红楼梦》里也是"开辟鸿蒙"）如何如何，什么"混沌时代"如何如何，好像这些东西离我们太遥远了，一般人就把它忽略过去了。其实离我们很远的东西才是最重要的东西。我们在讲《西游记》的过程当中，把每一个段落的重点都挖出来，一点都不放过。因为这是真人写的书，丘处机祖师写的书，全都是天机奥秘，没有一点闲话、废话，都是非常有用的真理。

二、开篇诗

视频 1-2 http://www.tudou.com/programs/view/_wMQpla6r_U/

开篇诗讲："混沌未分天地乱，茫茫渺渺无人见。自从盘古破鸿濛，开辟从兹清浊辨。覆载群生仰至仁，发明万物皆成善。欲知造化会元功，须看《西游释厄传》。"这里讲的是盘古开天地那个最原始的时代。宇宙最开始的时候是个混沌，混沌就是阴阳混一，阴阳混一就是金丹，就是天上这口元气。"混沌未分天地乱，茫茫渺渺无人见"，"无人见"，讲的是人还没有出生，还是一口无形的元气，还处在原始的阴阳未分、阴阳合一的状态的时候。什么叫盘古开天地？就是阴阳从混沌一体变成逐渐地开始清晰。你看太极球，一半阴一半阳，黑色的、白色的分得很清晰。"开辟从兹清浊辨"，也就是说，白的、黑的分为两部分，就分辨出来了。

《肝神龙烟》（油画，作者：韩金英）

"覆载群生仰至仁"，阴阳未分的元气，这口元气"覆载群生"，所有的生命都是它生的。"仁"，这个"仁"是什么？就是金木水火土的木，木就是仁德能量。仁德能量在肝，肝藏魂。"覆载群生仰至仁"，也就是说阴阳未分的这口先天一气，它作为每一个人的魂，"至仁"就是这个魂。"发明万物皆成善"，这个魂就是仁。仁德，仁义礼智信那个"仁"就是善，就是慈悲心，就是天良本善。每一个人的良心，天良之心，就是这个"魂"，就是这个"仁"，就是这个"善"。先天一气阴阳未分，阴阳未分的时候就是"朴"，阴阳刚刚分了以后就是"善"，就是人的魂。

"欲知造化会元功，须看《西游释厄传》"。"会元功"，元是本元，本元就是先天一气，先天一气是自然造化，自然的生长、发展，它的生灭规律叫"造化"。唐僧穿的袈裟，孙悟空拿的金箍棒，就是大道能量先天一气这个"一"的用。无形的大道是体，袈裟、金箍棒是用。你要想知道大道，这个先天一气，这个"众妙之门"，这个万物生机的根源它怎么用，"须看《西游释厄传》"。《西游记》的原名叫《西游释厄传》，"释"就是解释，"厄"就是困难，"释厄传"就是说，有很多困难，西天取经的过程把这些困难克服了，把这些困难给摆平了。

整个《西游记》写的是西天取经遇到了很多很多难，九九八十一难，这些难是什么呢？就是修真之厄，修这个真一能量时，你所遇到的艰难困苦。走了很多的国家，是说修道是一个脚踏实地的过程。在这个过程中走一个地方就有一个地方的通关文牒，表明你已经过了这一关，这就是释厄之印证——你过了一关，取得了一个进步，它就有一个阶段的印证，在整个的修行过程中一步一步地印证，到最后得脱生死、出轮回、修无量寿身的释厄之果，经过了那么多的苦难之后，得到了出轮回、脱生死的道果。

开篇诗在讲先天一气的产生，最原始的那口先天祖气，这个能量在我们身上，就是我们的心脑，老话说就是魂，现代话说就是心脑。它是先天的能量，先天的能量重新接入了以后，我们就可以发生脱胎换骨的变化。

三、原始祖气

在开篇诗之后，《西游记》就在说这个原始祖气，是一个很久远很久远的能量。它说："盖闻天地之数，有十二万九千六百岁为一元。将一元分为十二会"，也就是子、丑、寅、卯……十二地支。它说每会呢，"该一万八百岁"。它讲的多少多少万年，特别大的数字，其实它讲的就是最原始的意思，也就是原始祖气的意思。

这个先天一气是什么时候诞生的？它说："且就一日而论：子时得阳气"，子时在太极图这个最黑的部位，从晚上的十一点到夜里一点这段时间。九、十点钟的时候是否卦，万物阴阳背离，阴阳不交，就是最不好的时候。然后时空运转，转到什么时候呢？最不好的时辰转过去，等否卦转过去，"亥会将终，贞下起元，近子之会，而复逐渐开明"。到亥时，就是属猪的时辰，晚上十点多钟的时候，快到十一点时，这个时候"贞下起元，近子之会"，这个时候就快到子时了，"而复逐渐开明"，"复"就是复卦，三个阴爻是坤卦，底下出现了一个阳爻是复卦，表示天地的阳气开始上升了。"正当子会，轻清上腾，有日，有月，有星，有辰。日、月、星、辰，谓之四象。故曰，天开于子。"子时，十一点到一点的时候，一阳开始初生了，这个时候就有了天，轻清上腾到天，有日月星辰四象。然后时间又接着往下走，再转，从子时到丑时，到一点两点，再往前走，"正当丑会，重浊下凝，有水，有火，有山，有石，有土。水、火、山、石、土，谓之五形。故曰，地辟于丑"。一阳初生的时候，先有了天，清气上升有了天，浊气下降有了地，所以开辟——天开于子时，地辟于丑时，这个时候天地生出来了。一阳初生了以后，天地的气生出来了，就是说"一"生出来了"二"。

"天清地爽，阴阳交合。"天地的阴阳之气生出来，阴阳在交合的时候，正当寅时。寅时就是凌晨三点到五点。"生人，生兽，生禽，正谓天、地、人，三才定位。故曰人生于寅"，也就是说，天地是从子时到丑时，子时生了天，

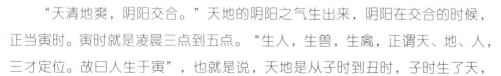

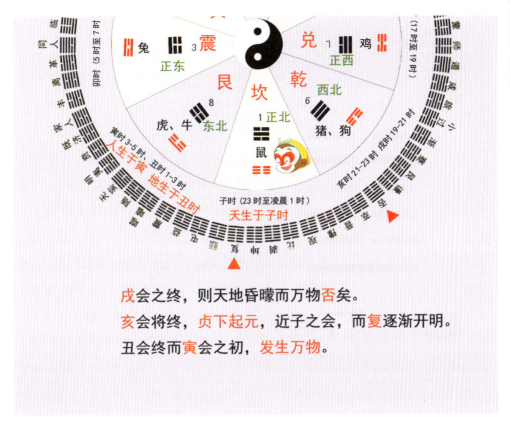

戌会之终，则天地昏曚而万物否矣。

亥会将终，贞下起元，近子之会，而复逐渐开明。

丑会终而寅会之初，发生万物。

丑时生了地，一个时辰是现在的两个小时，再等一个时辰，就是三点到五点，人就是这个时候生的。

生人是什么意思呢？它扯这么老远的天文数字干什么呢？这就是最有用的东西。也就是我们说的灵根，那个先天的元阳真气，就发生在这个时候。你不用人为地操作，要怎么怎么样做，每一个人在晚上睡觉的时候，在三点到五点的时候，都会起真阳之火，都会有先天的元阳发动，叫"先天活子时"，是自然的，是老天给的，是老天每天都给的。"贞下起元"，就是这个段落的重点。寅时生人，是因为有了天地阴阳之气的交合，人生活在天地之间，受天地阴阳之气的影响，人得这个阴阳混一之气，就是金丹的大药。

刚才那句话，说子时快到来的时候，阳气还没有上升，亥时刚过，刚要往

复卦，贞下起元

子时来，还没有到子时的时候，即一阳初生时。一阳生的起始点叫"贞下起元"。易经说"元亨利贞"，"贞"，正也，静也。老子《道德经》说："致虚极，守静笃，万物并作，吾以观其复。"这个时候天地的阳气还没有产生，阴气非常重，这个阴阳之间，这个阴阳转折点的当口，你入静，你静了以后就会怎么样呢？"守静笃"，笃就是非常深的意思，深深地静，你深深地静，就会"万物并作"。只要深深地静，静极必然生动，生机之气必然生发起来，叫"万物并作，吾以观其复"。"复"就是复卦，复卦就是一阳初生，阴极阳动，讲的就是这个。

先天一气，从静到动之间有个转折，"中"就包含着这个转折，所以说中就是道，中就包含着阴和阳，中就是金丹。也就是说，在阴阳转折的时候，你能够静，先天一气自然地就能够接通，它就呈一个能量的象。

这第一回，你看着它讲了一些很虚无的、地老天荒的一些很遥远的数字，其实这是最重要的。整个《西游记》一本书写的就是贞下起元、一阳来复。也就是说，你在静和动的转折点，你能够待在这个里头，这个能量就能够出生。整部《西游记》都是写的贞下起元的金丹大道。

小说中唐僧诞生的时间是贞观十三年，他取经走的时候又是贞观十三年，其实应该早就不是了。他18岁给父亲报仇，那就已经应该是贞观三十一年了，是吧？那这个时间都是不对的。等到最后走了14年，取经回来了，再一次见到唐王，那个时候，唐王已经登基28年了。可是这个时候的通关文牒的时间，还写的是贞观十三年。什么意思？就是"贞下起元"。就是说，生身之处也就是你的修道之处，返本还元的故乡。你的生命之初的这个能量，你能够返回到这个能量上，修道就是在这里修的，就是在这里成的。

四、孙悟空的诞生

视频 1-3　http://www.tudou.com/programs/view/TnTEfgIbVcc/

孙悟空的出生，其实写的就是金丹的诞生，借孙悟空的形象在写这个，并不是我们俗人理解的某一个人的出生，不是。理解《西游记》，一定要理解他的真意、真实的含义。他借着孙悟空的出生，讲的是金丹的诞生。刚才讲的天地、人、三才，人生于寅时，"贞下起元"，从这个时间点上，从这个角度讲先天一气的诞生。孙悟空的出生，又是借着一个形象，来写先天一气、大道原始能量的诞生。你要这样看才能看得懂。

关于孙悟空的诞生，原文是这样说的："……东胜神洲。海外有一国土，名曰傲来国。国近大海，海中有一座名山，唤为花果山。此山乃十洲之祖脉，三岛之来龙，自开清浊而立，鸿蒙判后而成。"你看好像又在写开辟鸿蒙了，又扯得特别远了。"东胜神洲" 这个"东"，就是生发之气，就是阳生之气，是说人的先天真阳，这个东指的就是它。"胜"，就是生气很旺。因为人的先天的真阳，当它生发起来的时候，人受不了，是太强的一种阳生的状态。"神洲"，它是一个虚无的，一个神妙的，这个先天的真阳很神奇，所以叫"东胜神洲"。"傲来国"是一个无所从来、无所从去的真空的地方。"国近大海，海中有一座名山"，花果山在一个海里，这是一种比喻。"众水朝宗之处"就是江河湖海，各种各样的水汇集而来的这么一个地方。它用水来比喻先天一气，用这个象来比喻先天一气为"众妙之门"，成圣的根本，说这个先天一气中包含着非常丰富的东西。

看《真铅氤氲》这幅画，还有一幅《天星地潮》，讲的都是大道之水。大

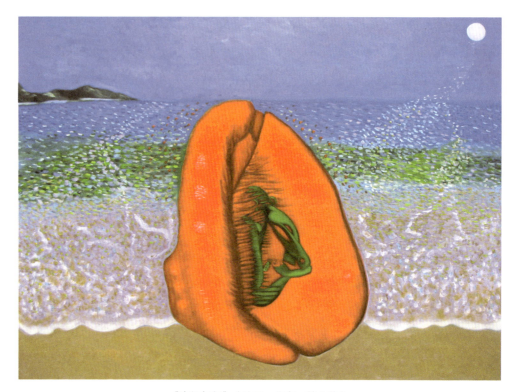

《真铅氤氲》（油画，作者：韩金英）

海比喻先天一气，天地的生机之气就在这个水里。这个水、这个能量把你的身体变成一个脱胎换骨的先天的纯阳体，真阳改造肉身。"天应星、地应潮"，真阳之火起来的时候，人就感觉能量像大海潮一样，一浪一浪的，听着是哗哗的水声，可它是热的，是电，就像那种快感的电，那种电一浪一浪的像海潮一样，从腹部向全身弥散，这是"地应潮"。"天应星"就是天眼看到光，其实看到的光是你的神放出来的光，也就是说你的炅和炅儿，先天的真阴、真阳合一了。合一了以后，你和天地的元气、先天一气就一体了，一体了以后你就是一个圣人，你就是一个非常厉害的，一个非常有能量、有智慧的人。

"花果山"，"花"是阴的，"果"是阳的；"花"和"果"表示的就是阴阳。阴阳二气合一生出的先天一气，就是我们的神得到了先天元气的能量支

28

持。当灵和灵儿合一了以后，这个灵和这个灵根合一了以后，你的金丹、你大脑里的精神体，它获得了一种高能量以后，叫"不神之神"，非常的玄妙，这是讲的大环境花果山。

下面讲，"那座山正当顶上，有一块仙石。其石有三丈六尺五寸高，有二丈四尺围圆……上有九窍八孔，按九宫八卦。四面更无树木遮阴，左右倒有芝兰相衬。盖自开辟以来，每受天真地秀，日精月华，感之既久，遂有灵通之意。内育仙胞，一日迸裂，产一石卵，似圆球样大。"孙悟空从石头里生出来了，"三丈六尺五寸"讲的是三百六十五天，"二丈四尺"讲的是二十四节气，其实二十四和三百六十五表示的都是时间。"三丈六尺五寸高"、"二丈四尺围圆"

表示空间，时间、空间指天地的精华。得了先天一气，这个天地能量、日精月华以后，它就把我们的大脑，把我们这个精神体，精气神那个神，逐渐地养大了。你永远感觉到一开一阖，你的感受，那个感觉的过程，就是与天地元气合一的过程。"内育仙胞"，"仙胞"就是天地能量、开了玄关养的这个圣胎，成就圣人的胚胎。圣胎养成了，就是圣人、神仙、佛，就是高能量级别的精神体，所以叫"内育仙胞"。

"感之既久，遂有灵通之意"，我们这个精神体在天地能量养育下，逐渐长大、成熟了，就出生了。当我们没有这个高能量的时候，只是一个后天意识的思维，看见什么大脑就反映什么。当我们得了这个先天元气，我们的大脑就不仅能反映有形世界，还能折射出无形的能量世界，哪怕是在几千里地以外的事情，哪怕是这个事情还没有发生，还在一种无形的能量状态，我们的大脑都可以感应，叫"感而遂通"。那个时候，我们这个心，我们这个神，和没有先

29

天一气的时候就完全不一样了。

头盖骨一般人是整的，小孩有前囟门、后囟门，天门是敞开的，逐渐地长严了以后就是整的。现在有了先天一气，只要你的真阳之火一起来，它的能量很强，冲一次就可以把头盖骨烧开，烧出三沟九洞，所以说，有"九窍"。你的大脑里头存在着一个很大的空间，一个很大的世界，先天一气这个能量进入大脑，最重要的是要把你大脑的核心的能量激活，把那个空间打开。"产—石卵，似圆球样大"，电视剧《西游记》里，一个山顶上有块石头，石头崩裂了，崩出来一个石猴。看那张图，那个球讲的就是法身佛。有一句话叫"法身佛没模样，一团金光含万象"。佛是什么？就是光，佛光，佛光就是光。当你和宇宙高能量结合了以后，你就带着一种很强的光。这个光是很大的一个球，一个金色的光球，当你修出来你就能看见，它总是在你身边，一个很大的球。

先天一气投胎进来，藏在我们身体里是先天肾气，所以说它"藏在后天是水铅"。这个"水铅"讲的就是真铅，真铅讲的就是真阳，就是人体的真阳之气。真铅又叫"水中金"，也就是说，先天一气也叫水中金。

在五行中，金生水，水生木，木生火，火生土，这是后天的顺行，顺行是后天的。先天的五行是逆行的。本来是金生水，它现在逆过来，水生金，是水中生出来的金，所以叫"水中金"。什么叫水中金呢？水

《水中金》（油画，作者：韩金英）

西游记金丹揭秘
孙悟空出世

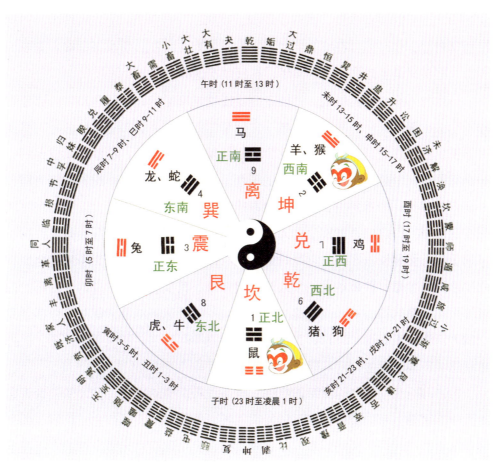

孙悟空的诞生

就是肾水，金就是那种电感。电感就是阳气，就是阳生的感觉。那种电感、那种快感就叫水中金，水中金就是先天一气。这个水中金是你原始的那个先天一气进来了以后，变成了水中金，它是你后天里的先天。而我们说的那个大道，那个原始德一元气，那个先天一气，是先天里的先天，修道是要修先天里的先天，只不过是借着后天里的先天，来把先天里的先天给引进来，这个一定要分辨清楚。

我们看这张图。这张图上的孙悟空为什么是个猴子？先天的水叫壬水，长生在申。十二时辰有申猴、酉鸡、戌狗、亥猪……十二个。十二时辰中，申时在西南方位，是坤卦，在坤卦的地方是属猴的方位所在，所以叫申猴。坤卦代表土，石头又是土之精、土的精华，石猴就是这样来的。

石猴生下来"五官俱备，四肢皆全。便就学爬学走，拜了四方"。这是讲孙悟空生出来就具备五官四肢，像一个完整的人一样。这讲的是什么呢？其实讲的就是金丹、法身。先天一气这个原始能量养出来的丹，看着是个虚无的，但是它具有一个活生生的人的所有的东西。色、受、想、行、识，四肢五官，一切它都具备。也就是说，我们人最原始的这口元气是全息的，人的所有东西都在这口气上，这口气就是个全人。这口气进来了以后，它就开始分工，这里长出了手，那里长出了脸，它就开始分工合作了。但是实际上，手就是全息，就是全人。全息、整体地看一个人这个整体观，其实就是我们说的"三尺上方有神灵"，精气神的神，人的这个灵光团，一个圆球的能量，里头就包括了整个的人。如果没有这个光球，人就活不了，就不存在了。所以《西游记》讲孙悟空这个石猴的诞生，它实际上讲的是金丹所具有的生命特征。

再讲孙悟空。他"目运两道金光，射冲斗府。惊动高天上圣大慈仁者玉皇大天尊玄穹高上帝，驾座金阙云宫灵霄宝殿，聚集仙卿，见有金光焰焰，即命千里眼、顺风耳开南天门观看"。易经说的跟我们现在后天是反着的，肾在下边，易经说这个地方是北，心脑是在南。所谓"千里眼"、"顺风耳"、"南天门"，其实讲的就是心脑。"南"代表离卦，离卦代表的就是心，心的先天就是个乾卦，乾卦对着的就是大脑。

孙悟空诞生其实是一颗金丹的诞生。金丹的诞生会怎么样？就会惊天动地。这个能量通天彻地，它是天场的原始能量。当这个能量再重新修出来以后，你就和天地合一了，所以是惊天动地的。天上的元气、最原始的那个能量，你和它已经合一了，合一就通了自然天道、自然造化。比如说什么时候有什么事情，你一感应就能知道，你就能够跨越空间，就能够了解一切。

后来孙悟空"目运两道金光，因服食后天之水而金光潜息"，这说的是什

电视剧剧照

么呢？就是说我们投胎来的那口先天元气，随着我们后天知识的增长，随着人身长出来了，人出生了，长大了，思想意识开始成熟起来了，就进入到了后天。先天这一最尊贵的能量进入到后天以后，就"知识开，灵根昧"。我们原始的先天之真，被掩藏起来了，变成了后天之假（后天之假指我们的思想）。我们的心其实就是一个心，先天之心和后天之心是一个心。但是，先天自然之心，先天之真里那个自然之心，那个自然的大智慧，被后天的思想逐渐掩盖，好像变成了两个心——一个后天的心，一个先天的心。

你看我们人体是多大的智慧，血液循环啊，心跳啊，你的所有生命的一切的运作都是这个自然之心在操作着。但是，我们越长大、社会越发达，我们自然的感觉系统，就越来越被淹没，越来越好像不存在了一样，好像自然就是正常的，还有什么可想的呢。我们对人体的大自然看似很了解，其实只是了解很少的一小点。先天之真，先天这口元气，这个真一能量是一个很高的智慧，是一个巨大的天地能量的载体，我们把它给忘了，我们不知道它有多厉害，还以为我们后天的所见、所闻、所思、所想是很了不得的，是很厉害的，其实那是

《天星地潮》（油画，作者：韩金英）

很小儿科的。最厉害的就是你的本元，先天第一口元气就是天地最高的、最尊贵的能量，它才是最厉害的。

"根育孕本先天，藏在后天是水铅"。水中金讲的就是水帘洞。看这个水帘洞："这股水乃是桥下冲贯石窍，倒挂下来遮闭门户的。桥边有花有树，乃是一座石房。房内有石锅、石灶、石碗、石盆、石床、石凳。中间一块石碣上，镌着'花果山福地，水帘洞洞天'。真个是我们安身之处。里面且是宽阔，容得千百口老小。我们都进去住，也省得受老天之气"。这是《西游记》里的原文。"铁板桥"其实讲的是会阴穴，讲的是这个地方。那个"石窍"，冲贯的石窍讲的就是会阴窍。这个地方是天造地设的这么一个家当，它讲的是什么呢？讲的是你自己本来就有的，老天给你的，不用去外求。得了水中金，你就可以安身立命，造化由我，不再受老天的气。什么叫受老天的气呢？比如什么时候出生，什么时候得病，什么时候去世，这就是老天对你的安排。但是你得了水中金，就"造化由我"，"我命在我不在天"。你自己不再是被动的，不再因为你的能量枯竭了，你的元气耗散完了，你的灵体被甩出来，肉身死掉。你的元气自始至终都是很充满的，都是很充足的，所以你这个灵，它就可以踏踏实实地、能量很充足地生活在你的肉身里头，"不受老天的气"，讲的就是这个。

当你得了水中金这个先天真阳能量，就会是"为天地间至美之大乐王"，所以叫美猴王。一般的人都会被社会、被各种各样的东西束缚，当你得了这个水中金，阎王老子都管不了你了，这个后面会讲到。得了先天一气的人，在阴间的生死簿都给销掉了，他获得了自由、解脱，所以叫"美猴王"。

猴子们说，有本事进得去，出得来，不伤身体者，就拜他为王。孙悟空就去了，进去就发现了水帘洞。他出来时说，你们不是说，出得来，不伤身体者，就拜他为王吗？猴子们就拜了孙悟空为王。这个王是什么王呢？就是药王，正如《悟真篇》里说的：

"悟即刹那成佛，迷则万劫轮流。若能一念契真修，灭尽恒沙罪垢。"如果你能够悟了这里头的天机奥秘，你马上就成佛，就摆脱轮回，就获得自由解脱。"劝君穷取生身处，返本还元是药王"。父母未生你之前的那个"我"，你要

《泰卦》（油画，作者：韩金英）

把这个东西搞懂了，那个"我"是返本还元的药王。他讲的就是先天一气，是金丹的大药，返本还元、得道成圣的能量材料。

孙悟空的出生写完后，又有一首诗："三阳交泰产群生，仙石胞含日月精。借卵化猴完大道，假他名姓配丹成。内观不识因无相，外合明知作有形。历代人人皆属此，称王称圣任纵横。"这是总结孙悟空诞生过程的一首诗。

"三阳交泰产群生"，"泰"指泰卦，下边三个阳道，上边三个阴道，阴在上，阳在下。这幅油画《泰卦》，讲的就是"三阳交泰"。三阳交泰表示生机力最强，代表的是春天、春季。阴阳交合产出的阴阳混一之气，是很强大的生机力，孕育了群生，所有的生命，都是这个阴阳的生机之气所孕育的。"仙石胞含日月精"，"仙石胞"指的是虚无的金丹，它是日月精华养成的。"借卵化猴完大道"，所有的人都是这一口元气生的，猴子也是这口元气生的。这里借他的名，借孙悟空这个猴子的诞生，来讲金丹的诞生。"内观不识因无相，外合明知作有形"，先天一气无形、无象，好像看不见，它好像不存在，是虚无的，但是，因为这个虚体的存在，发生了实实在在的事情，所以它又是有形的。"历代人人皆属此"，每一个人都是先天一气所生。"称王称圣任纵横"，如果你重新得了先天一气，你就是王，就是圣，就是一个伟大的人。

五、孙悟空拜师

视频 1-4　http://www.tudou.com/programs/view/tUijnp1V8pk/

孙悟空为什么要学道？为什么拜师？原文是这样说的："美猴王享乐天真，何期有三五百载。一日，与群猴喜宴之间，忽然忧恼，堕下泪来……猴王道：'今日虽不归人王法律，不惧禽兽威严，将来年老血衰，暗中有阎王老子管着，一旦身亡，可不枉生世界之中，不得久住天人之内？'"他活得很快乐，这么乐，这么好，要能永远这样就好了，将来老了怎么办，死了怎么办？——他对死亡和衰老发出了疑问，他开始考虑死这个事。我死了怎么办？我生得很好，能不能长生呢？死怎么了脱？死到底怎么回事？——他在想这个问题。猴群里有个

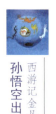

老猴子说："大王若是这般远虑，真所谓道心开发也！"人开始问生死大事，就是道心开发出来了。

"猿猴……道：'如今五虫之内，惟有三等名色，不伏阎王老子所管。'猴王道：'你知哪三等人？'猿猴道：'乃是佛与仙与神圣三者，躲过轮回，不生不灭，与天地山川齐寿。'猴王道：'此三者居于何所？'猿猴道：'他只在阎浮世界中，古洞仙山之内。'""阎浮"指虚无的世界，"古洞"指人的大脑。人的肉身活百年，但人的灵魂都是几千岁的老人。无数的古代经历的信息，就在人的大脑深处，所以是古洞。孙悟空放弃了美猴王享乐的极乐生活，"朝餐夜宿，一心访问成仙成佛之道，觅个长生不老之方"。

《内经图》（油画，作者：韩金英）

他走了好多年去学道。在这个过程中，他学人穿衣服，学人的礼节，学人说话。这讲的是学成人道，仙道可望。仙、佛、圣是在人的基础上的提高，把人做好了是第一步。人做好了，你和社会很和谐，和家庭、同事、朋友都很和谐，这种和谐即是太极文明，阴阳和谐。你和别人组成了一个太极，这个太极能不能和谐？你懂不懂阴阳之道？懂不懂阴阳为什么能够和谐？和谐是在给予当中获得的，我们后天的人是以我夺了别人的东西我就是得，而太极大道，是在给予中获得。阴阳两部分都互相给予，通过给予而获得，就能抱成一个圆的太极球。如果是掠夺，太极球就分裂了，就抱不圆，这个和谐之道就下了道了，所以首先要做人。比如说，有的人工作不要了，家庭也不要了，要去修道了，要去做修道专业户，这是错的。连人都没做好你怎么能做圣人？圣人比人高级很多，圣人有很高的智慧，你连人的智慧都没有，你怎么能做圣人呢？那就是笑话。

圣人最核心的是什么？是他的心灵里头的那个心性，那个本性的智慧和光明。智慧和心性靠你在做人当中，靠你在每天的大大小小的事情中——工作、结婚、生孩子、养老人，在很多的具体的事情中，把你的本性磨炼得心明眼亮，叫动处炼性。在你的生活磨炼当中，把你的本性的光明给炼出来了，使你有一双火眼金睛，使你有一个全局的智慧，什么事情你都一清二楚，一眼就能看穿，随便就能冒出来好多好点子，把事情能处理得好，这就是心性的光明。假如你没有经过人的阶段，做一个好人，做一个出色的人，你没有经历这个，那你的本心会是蒙着、盖着的，修仙修佛是不可能的，根本连起码的基础都没有。所谓修心性才能生大道，也就是说你先要做人。各种各样的生活的磨炼就是修道，没有什么外在的道，生活就是道，过日子就是修道。如果没有这个基础，你就不可能升华。

给孙悟空指路的是一个砍柴的人，他在唱《黄庭经》。孙悟空一听，说他肯定是个神仙，怎么那么玄妙，说的东西我们都不懂啊。孙悟空跟他打听哪有神仙，樵夫就跟他说，不远不远，就在我们这儿，就在附近。孙悟空说，你跟神仙离得这么近，你怎么不跟他学长生之道呢？他说，我不行啊，我有老娘要负担，我腾不出精力来学。这个讲的是什么呢？讲的就是孝、孝道。孝道就是人道，你先做好人，先做一个慈善的人。慈善、孝道、慈悲心，就是仁德能量、天良本善，也就是人的灵魂，在它的基础上提升才是圣人。这个孝和水中金有关。如果人孝顺，有做好人的基础，才有成圣人的可能。人做好了，人道修好

《内经图》（局部）

了，仙道才有可能成，讲的是这个。

孝道和水中金的关系是：本来是金生水，金是母，水是子，但水中金呢，是反过来，儿子孝敬母亲，水反过来，逆生出金，人体黄金是这样生出来的。所以，水中金就是孝道。小说用孝子、孝道暗指水中金、先天一气的产生，比喻的是这个。

樵夫说："不远，不远。此山叫做灵台方寸山，山中有座斜月三星洞。那洞中有一个神仙，称名须菩提祖师。那祖师出去的徒弟，也不计其数，见今还有三四十人从他修行。""灵台方寸山"，《内经图》最上面上丹田的山的部分有一个灵台，灵台讲的是大脑。方寸山，就是小小的一个山，就是所谓的须弥山。方寸山指的是头部、大脑。"三四"，三加四就是七，指的是七日来复。

《还精补脑》（油画，作者：韩金英）

菩提祖师教的是什么呢？教的就是贞下起元、静极生动的金丹大道。

他说，顺着小路向南七八里远近就是祖师的家了。本来孙悟空走了七八年是往东、往南，结果找不到神仙。过了好多年呢，他往西走，碰到了菩提祖师，找到了金丹大道。往西再向南就是西南，西南是坤卦，是说菩提祖师在西南坤卦的方位。这讲的是阴极阳生，在阴阳的转折点，先天一气就生出来。七、八加起来是十五，十五表示的是月亮，这个月亮就是金丹，是金丹的一个象。这个象是你闭着眼睛或者睁开眼睛看到的一个月亮的象，而不是天上挂的那个月亮，是你内心看到的一个月亮，这就是金丹的象。真阳起来了，冲到大脑，奼和奼儿见面，先天的真阳和真阴就合一了。看我的《还精补脑》这张画，精化气，气化神，第一步呢，真火上来了，人要能空静就会像《道德经》中说的"靓胜牝"，就能把真火变成甘露、观世音的甘露，讲的就是真火到了头顶以后，化了阴精，变为真水，真水下来再和上冲的真阳相遇，真水和真火合一就是金丹。

　　孙悟空拜师的地方是哪儿呢？其实就在大脑。你看《西游记》一定不要用后天意识去理解，它讲的是先天的东西，讲的是虚无的修金丹的过程。不要被表面的文字迷惑，你不要从后天意识去理解文字，要用慧眼去看。他拜师的这个地方就在大脑。"斜月三星洞，灵台方寸山"讲的就是大脑，大脑就是我们的本性。本性是谁呢？其实就是天上那口元气投胎进来，先天的阳气分成阴阳"二"，是这个阴阳"二"中的真阴。本性为师，你拜师的地方在你的大脑，大脑藏着你的本性能量，暗示着本性才是你的师父。所以来听《金丹》课的人，大脑里很快就出现老子、观音的象。早晨一起来，看到金光，金光里有个老子象，经常在大脑里出现。你的师父、仙佛在哪呢？其实都在你的大脑里，在大脑核心的深层。当头盖骨的三沟九洞出现以后，很多人都能看到。哎呀，说怎么看到飞出来很多很多的仙佛，实际上就是你的本性能量的象。仙佛是你本性能量的象，所以本性才是你的师父。

　　先说拜师，孙悟空刚一去的时候，须菩提祖师对他非常厉害，说，你就是个奸诈的人，你从哪来？你从东胜神洲来？东胜神洲是多远？你怎么这么快就走到了？真是个奸诈小人，赶出去。师父非常的厉害。孙悟空说不是，我走了六七年了才到这儿。跟师父见面，师父的态度是很重要的一个重点。什么重点呢？修道就是要修你本性的光明，就是心性，心性修好了的人没脾气，特别地随顺，特别地包容，特别地谦虚，特别地能够随缘。如果没有达到，就叫"未达性地"，就不能收，一个人的心性还没有基础就不能收。

　　你看菩提祖师收了孙悟空，待了七年才教他。徒弟不随便收，收了也不教，真正传的时候是过了七年才传。这是什么意思呢？就是你的心性没有到达的时候不能传，因为大道太简单了，只要是真传，一句话就完了，可是人的心性过不了关。过不了关，你又得到了高能量，心性把持不住，是人心在运作，那就糟了，那就是魔。大道非常简单，只是人心可怕。人心如果没有改造好的话，得了这个能量，马上就是魔。所有的魔，讲的就是这个人心。人心在用这个高能量那就糟了，那就是魔障，各种各样的麻烦，不好的、负面的东西就出来了。

所以说过去传道，都是三年打水啊，什么七年怎么样的，都是要在这个情况下才可能传，这是很有道理的。不然的话，后面的麻烦，那就是很大的一个困惑。很多的错误是不能犯的，犯了以后，那个无形的都记住了，可能就是将来成就的很大的障碍，可能这一生都成就不了了。所以说要修心性，如果心性不到位的话，还是人心行道就不行。人心是什么呢？投机取巧、贪心、功利、计较，不能从天道上看问题，还是从人的是非去看，这就是人心。人心太重，学道的时机就未成熟。这里讲的师父很厉害，讲的就是这个。

洞里有个神仙，叫须菩提。须菩提是什么意思呢？须菩提就是菩提心，就是天地之心，也就是道心，成仙成佛的真种子。道心就是菩提心，修道就是要修这个道心。道心是活生生的，你能够感觉到它，开了玄关以后，永远不停，就像时间一分一秒永远不停，是永恒不灭的。它不是你练就有，不练就没有，你睁眼、闭眼它就永远在这，道心是永恒存在的。而道心这个能量，它同时又是一种智慧，一种先天的大智慧，这个智慧和我们人心有很大的差别。我们人心是一个小点，它是整个的一个球。它是一个无所不知的大智慧，修道就是修这颗道心，就是这个。所以它说菩提祖师就在我们大脑，也就是说我们的本性里头就含着这些仙佛。

所谓大脑九宫，泥丸有九真。泥丸九宫有九位真人，比如老子、释迦牟尼、观音。菩提祖师就在你的大脑里头。怎么会在大脑里头呢？当你修出来的时候你就知道了。我是在2010年11月的时候，画着画着画儿，突然好像大脑被掀开了，有穿着古装的人飞出来了，一个、两个、三个……有好多。那个时候就明白了，原来《西游记》里说的菩提祖师就在"斜月三星洞"里头，真的就是在那里头，那是你的元神天眼所看到的高维空间的生命体。

下面这首诗就讲菩提祖师："大觉金仙没垢姿，西方妙相祖菩提。不生不灭三三行，全气全神万万慈。空寂自然随变化，真如本性任为之。与天同寿庄

泥丸九宫中的师傅

严体，历劫明心大法师。"菩提祖师"没垢姿"，是脱离了群阴，是个纯阳。纯阳指大脑里的神光。当它最圆的时候，是个乾卦。先天的真阳把人身的阴气化掉了以后，形成一个白色的月亮样的光球，这个光球就是纯阳体，就是乾卦，乾卦就是纯阳。所谓的"大觉金仙"讲的就是人的精神体的这个光，它不再是一个小光点，它是一个大的白光球，是一个圆圆的光球，这讲的就是你的精神。普通人是一个小小的光点，得了先天一气的人，小光点变成一个大月亮，变成像月亮一样的大大的圆光，比普通人那个神的光能量大得多，就是"大觉金仙没垢姿"。

　　精气神就是全精全气全神。我们这个精气神都是亏的，人过四十气亏半，精气神都已经亏了一半，一半是阴气了。到修成的时候，阴气全部化掉，全部变成阳气，就叫全精全气全神，就是"三三行"。"不生不灭三三行"，"不生不灭"就是说这个圆的丹它是不生不灭的，它是我们的精气神所凝聚出来的一个永恒体，是肉身没有了以后也永远存在的光体，叫"不生不灭三三行"。"空寂自然随变化"，你看它在哪呢？除了天眼开的人能看见，一般来说好像看不见，好像不存在似的，但是在任何地方，它所需要感知的事情，它自然地就知道了。比如，这儿扫着扫着地，突然就有一个声音在说，谁谁谁要来了，来干什么了，马上电话就响，马上那个人就来了，就叫"空寂自然随变化"，好像什么也没有，但是它就能够随着自然感应这个无形的能量，就知道什么事情要发生了。"真如本性任为之"，一切都是我们这个本性自然做的。"历劫明心大法师"是说这个先天一气、这个道心、这个空寂的真如，它是一个空，它是空中生妙有、真空出妙有的一个空寂的能量体，这个东西才是法师，才是人真正的师父，就是所谓的元神是师父，你的本性是你的师父，讲的就是这个。如果一个人在讲道，他不讲真如本性，不讲先天一气，他就不能叫法师，只能叫气功师。

金丹修出来了，"寂然不动，感而遂通"。它好像平时不存在，但是一有事情它马上就能感觉，它马上就能通过去，就能知道，就能了解。"随变化，寂然不动，感而遂通；任为之，一念纯真，应灵不昧"，它好像就是一个灵感，就是一念，但是这一念，它是那"一念之真"，不是我们后天这个意识。后天意识在那捣鼓、推理，这样那样。那个啰嗦的麻烦的人心，就是后天意识。而这一念纯真，是元神的一念感知，单纯的一念，简单得很，是，不是，非常简单。它不推理，也不麻烦，也不啰嗦，就叫"一念纯真，应灵不昧"。我们这个灵感它永远就像一面很干净的镜子，它永远是很光明的、很清楚的。它不会糊里糊涂的，说我现在睡觉了，这件事发生了，我都不知道，不会，这叫一念感应，应灵不昧。

"历劫明心大法师"，明心见性了，金丹修出来了。金丹就是不坏的、与天地齐寿的这么一个光能量，是一个无漏的真人，这个能量永远不会像普通人似的在后天消耗，叫"无漏真人"。"不空不色自方圆"：这个金丹是什么呢？其实就是我们的本性能量，也就是真如本体。你说它是空的吧，但是它又是至虚而至实的，是要这样理解。讲孙悟空拜师，其实讲的就是我们的本性。我们的本性之师到底是什么样呢？就是不色不空的，是虚无的，这就是道，我们修的就是这个。

《长生之子》（油画，作者：韩金英）

最后讲给孙悟空取名字。须菩提祖师说，你看你这个样子啊，身躯虽是鄙陋，却像个食松果的猢狲，我与你取个姓氏吧。你姓什么呢？姓"猢"吧，犭字边一个胡，把这个犭去掉，就是去掉兽性归于人，就是这个胡，一个古一个月，古是老的意思，月是阴的意思，阴气衰老的能量不能化金丹，所以不行，你不能姓胡。这个狲呢，去掉犭旁，一个子一个小，繁体字是一个子一个系，系统的系。他说这个"子"就是小，子就是男儿的意思，"系"就是婴儿的意思，就是小的意思，就是小男孩的意思，也就是婴儿的意思。那这个婴儿是谁呢？其实这个婴儿指的就是法身，也就是说，修出来金丹，经常能够看到它的象，它的象就是小孩，就是纯阳体的一个小人，就是我们这个《长生之子》，就是这个小男孩，这个小人，就是这个婴儿法身，这是讲他的姓。

他的名字叫什么呢？须菩提祖师说，"广、大、智、慧、真、如、性、海、颖、悟、圆、觉"十二字，排到他正当"悟"字，就给他起名"孙悟空"，然后孙悟空连说了三个好。这个取名字的过程，其实讲的就是金丹法身，也讲的是本性，讲本性能量的玄妙，它的无中生妙有。这个本性能量长出来一个小孩，就像我们《胎息》这幅画的小莲子。莲花、莲蓬代表着本性，这个本性长出一

《胎息》（油画，作者：韩金英）

个小男孩，长出一个纯阳的生命，讲的就是婴儿法身。如果能够理解"好"、"性"、"空"这三个字的真实含义，那就是一个广大智慧真如性海颖悟圆觉者，这是讲给他取名字。

最后，修先天的金丹大道，要"弃后天顽空，而修先天真空，方是广大智慧，真如性海，颖悟圆觉。本立道生，生生不息"。关于后天的顽空和先天的真空，我们就简单地说几句。如果你要练功，要在人心的指挥下怎么做，你只要是用了人心，不管你是哪个层面的动人心，比如说你现在什么基础都没有，你说我要学道，我要练个什么，我要做个什么，你只要用了人心，就是后天的、假的东西。假如你现在已经修到一定程度了，已经有一些能量了，有些神通了，如果你说，好，我现在有神通了，我要出山了，我要去挣钱了，我要用这个神通去做生意了，这就是另外一个层面的后天的顽空，这就是假的。因为先天的那个真空，那个广大智慧、真如性海，是不准你的人心去做的，只要人心做的就是假的，就不是它。假如你有了功夫，有了神通，练出点什么东西，你用人心来支配着要去干个什么事情，为了一个功利目的来交换一个什么东西的话，那就是魔，那就不是正道。

整个《西游记》是儒释道三家合一，批判了很多旁门左道。是破除一切的假，来树立"金丹"这个真，这个真假的分辨不是人心层面的矛盾，不是一种是非，说这个对了那个错了，不是人心层面的问题。如果你在人心层面讲，你说，你不要说人家的不好，你就说你的好，这就是人心。人心就不是道，就是道的最大的障碍，要破除人心，要没有这些垃圾的思想，求那个真，只认那个真，那就是一个修道的过程，去掉人心就是修道的过程。

《先天一气》（油画，作者：韩金英）

大家好！今天我们讲《西游记金丹揭秘》第二讲——得师真传

视频 2-1　http://www.tudou.com/programs/view/PPHgRhPthZo/

上一回讲的是大道根源，大道根源就是先天一气，通过孙悟空的诞生讲先天一气，这一回是菩提祖师给孙悟空传道。

《金丹大道》（油画，作者：韩金英）

《西游记》在四大名著当中，在现在这个时空，它比《红楼梦》、《水浒》、《三国演义》都要红火，因为它含着天地永恒的先天一气这个大道能量。所以它不仅是在这个时空，在将来很长的时间，都会红火热销。它有一系列娱乐性的产品，大家都把它当作神话，觉着好玩儿。这个好玩儿里头，就蕴涵了中国文化的金字塔尖儿上的钻石——长生之道。娱乐性、好玩儿，其实讲的就是元神——我们内心的小孩儿。凡是你高兴的时候，你快乐的时候，就是你的元神当家的时候。孙悟空学道，三年玩儿着就成了，轻松、简单又自然。玩儿着就成了到底是什么呢？这一回的核心就讲这个。

一、题解

这一回的题目叫"悟彻菩提真妙理　断魔归本合元神"。"菩提真妙理"即本性智慧。这一回菩提祖师传给孙悟空的，就是这个真妙理，要悟彻这个真妙理。很多人并没有搞清楚什么是真妙理就开始修道，走了很多的路，学了很多东西，浪费了几十年的时间，也没摸到真东西。先要"悟彻"，真东西两三年自然成，这就是孙悟空走过的路。"断魔归本合元神"，"魔"指后天意识，在后天意识操纵下的人的欲望。要把人为的意识去掉，要"归本"，"本"就是先天一气。先天一气"合元神"，是先天一气和你的元神结合，才是真道。无论哪一家，无论是学佛的还是修道的，假如不是元神而是后天意识心操纵和指导，全是假的，都不是真正的道。先天是真的，后天是假的。假如不清楚哪些是旁门左道，你就很难入正道。不管你有什么感受，参禅、打坐、练功……不管你干什么，假如你不知道真假，到头来都是一场空。

这一回，菩提祖师通过两首诗——第一首开篇诗在演道，第二首是传道诗，传的是不用练什么功，三年玩儿着就成了的道。道法自然，最高的自然智慧就在这两首诗中，传给了孙悟空。得了真传会有什么样的变化呢？就会与天同步变化，孙悟空的七十二变，就是和天地同步。天地的阴阳，到春节的时候是一个样子，到八月十五是一个样子，到冬至的时候又是一个样子，你的身心和自然融为一体。一年四季，其实是元神成长的历程。一两年下来，十月怀胎，三年哺育，一年养出金丹，三年天门脱胎，之后和大自然融合为一。

七十二变的变、一个跟头十万八千里，讲的就是人的元神的变化。元神能量足够了，不管多远，一念即到。在元神来说，没有过去、现在、未来；没有时间、空间，一念即达，一念就到。孙悟空拔下身上的毛，变出来好多小猴子，后来又可以变无穷无尽的东西。这个变是说人的大脑得了先天一气以后，周围有很多和自己相关的事情在无为自然地发生。

金丹大道，"穷理尽性以至于命"。关于本性的道理、元神的特征和运动规律，是理一分事一分，理十分事十分。这和后天的知识是不一样的，后天的知识是不带能量的，而元神的理论和能量是一体的，只要你真懂了，能量就同时会发生，这就是元神的特点。这个道理你如果领悟得不对，就会"差之毫厘，谬以千里"，就跑到旁门左道上去了。

二、演道诗

第二回的开篇诗是菩提祖师在演道："天花乱坠，地涌金莲。妙演三乘教，精微万法全。慢摇麈尾喷珠玉，响振雷霆动九天。说一会道，讲一会禅，三家配合本如然。开明一字皈诚理，指引无生了性玄。"演道诗的第一句是"天花乱坠，地涌金莲"。"地涌金莲"就是元精发动，"金"就是永恒不坏的意思。先天一气投胎进来，作为我们先天的肾气，这个东西是宇宙永恒不坏的能量。道德能量、德

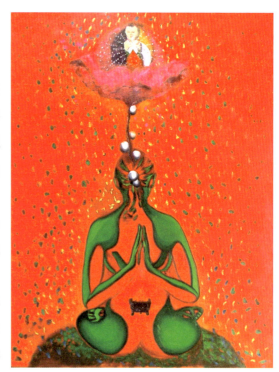

《炉中长虹》（油画，作者：韩金英）

一元气是我们的本性，莲花就是本性的象，"金莲"是道之花、永恒的本性的花朵。"地涌金莲"的"地"指腹部，"天花乱坠"的"天"指大脑。天也指先天带来的、人体先天的生命状态。"天花"是内视看到的五颜六色的生命之光。《坤腹生莲》这幅画讲的就是地涌金莲，《炉中长虹》这幅画讲的就是天花乱坠。先天一气发生时，滋润五脏，五脏转阳，先天的阳五行，内在的金、木、水、火、土五个颜色的磁场能量，呈现为白、绿、黑、红、黄五个颜色的光，所以叫"天花乱坠"。人体由有形的物质和无形的精神磁场双重结构组成，元神可以在物

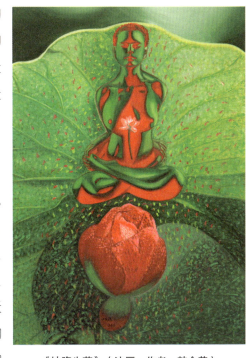

《坤腹生莲》（油画，作者：韩金英）

质空间和精神磁场能量空间自由往来，能够看到人的精神磁场世界的象——天花乱坠、地涌金莲，就是真道的一个标志。上过金丹课的人，都会不同程度地看到人体先天磁场的象。比如北京的一位律师，她上过一次课就看到了龙凤、三魂七魄。有一天她看到床上有一排剑，同时咳嗽，有很厉害的浓痰。她不明白这是肺在转阳。肺主呼吸，肺藏魄，肺金是义德能量。剑是勇气，有很多的剑，说明义德能量在增长。肺转阳，同时魄也在转阳。元神像一面镜子，是最精准的生命检测仪，它看到的不仅是象，更是能量的活动过程。上海的一位律师，他做梦很准，现实中要发生的事情，一件也逃不过他的梦。他梦到我的打印机坏了，果然过两天就坏了。但是他不懂，为什么梦里是人在打印机里修。打印机好像很大，能装进去好几个人。我解释说，那是元神看到的全神贯注修打印机，是神在打印机里，不是人在打印机里。人体的先天磁场世界是非常好玩的象世界，你领悟对了就会提升。

《吹笛观音》（油画，作者：韩金英）

第二句："妙演三乘教，精微万法全"。"三乘"讲的是三个级别，"精微万法全"讲的是先天一气。先天一气很小，但是万法都包括在这个先天一气里。它是一个很小的微粒子，但是天下万事万物都是它生的，西方科学家叫"上帝粒子"，它里头包含着万法，宇宙的一切都包含在里头，叫"得一万事毕"。三乘是三个级别，真正能够长生的，只有第一个级别，就是上乘。中乘、下乘虽然也都和道有关，也可以通有入无，但最终成不了道。有句话说，"项后有光，未必是佛"，放光未必是佛。"妙演三乘教"这句非常重要。我们很多人没有基本知识，以为有了神通，就是得道，这是很大的一个误会。大家要擦亮眼睛，中乘和下乘是不能长生的，只有上乘才能长生。道是宇宙本元永恒的能量，是老子说的"长生久视"之道。如果只是有点神通，有点本事，但是随着肉身的消灭，本事就不存在了，不能长生，这就不是真道。

"上乘者元婴育成，金身合身，与道合真，阴阳在乎手，变化由心，不神而神，阴阳变化不假于有形之符咒，深得自然、自由之妙趣。""上乘者元婴育成"，元婴即是本性能量体。开了玄关，得了先天一气，才能够元婴育成。没开玄关、没接通先天一气的人看到的光珠、小人不是元婴，是阴神的幻象，这里有明确的区别。

"金身合身"，《西游记》里讲孙悟空经常看到观音菩萨，他会说，菩萨啊，劳你金身显现。其实金身的象是孙悟空的元神、内在的慧眼看到的。金身永恒不坏，在需要的时候就显化出一个象，显化出一个肉身，一个穿着白色纱裙的观音，会显化这样一个身，叫金身。金身都是很高大的，是一百多米高的象。相由心生，人的慈悲救世的心就会显现为一个慈眉善目的观音象。在磁场象世界，先是慧眼看到大脑里有观音象，后来你走进观音象里，这叫"金身合身"，这就是上乘者。

"与道合真"，一个人的心性能量还不够的时候，虽然你得了先天一气，但是先天一气无穷的力量显现不出来，或者只是很微弱地显现。当你真的有一颗道德心灵，真的在行菩萨道，让很多人去开悟，当你真这样发心了也真这样做了的时候，你的心就是一个观音的心，就会显观音的象，叫"与道合真"。与道合真了以后，这个先天一气、这个道德能量，它就非常厉害，就比以前——比你在半年前，比你在几个月前——所发挥的威力大很多。比如说那个时候，旁人有点什么毛病，你只能给很小的一个帮助。但是当你"金身合身，与道合真"了以后，就是因为你的存在，你的磁场的威力就变得非常大，别人一沾这个磁场，病就莫名奇妙地好了。如果心性不到位，境界不高的话，它就显化不出威力来，所以是"阴阳在乎手，变化由心"。你的心境界不够，先天一气的威力就小；你的心、你的境界足够了，它自然就变化，叫"不神而神"。阴阳变化不假于任何有形的，什么符咒，什么这样那样，什么都不用，叫"深得自然、自由之妙趣"。

《紫金丹》（油画，作者：韩金英）

这个"金身合身"、"元婴育成"、"与道合真"，就是上乘者，也就是最高的自然智慧的拥有者。这个自然就是先天一气，自然到了顶就是先天一气，先天一气就是这个自然的总根，这个根到手了就叫"与道合真"，打开了宇宙的智慧、最高的智慧，这个就叫上乘者。

　　中乘者是什么呢？就是"元神自运，遨游八极，行功作法，凭符咒召神遣将"。中乘者用元神能进入磁场世界，但他是人为做的，是人心操作的，比如要喝酒、说宇宙语、点香等等，是靠人的意识，靠人的行为做的，不是自然的元神自动做的，表面上看去很有本事，但这不是道。道是不生不灭的，人心是有生有灭的，有生有灭是后天的，随着肉身的消失一切都不存在了。中乘者不是长生之道，不是那个金身，不是那个永劫不坏、与天齐寿的真我。

　　那初乘就更不行了，"自运元气，符咒求师，三力合一"。他要运气，用自己的元气，还要求师父，求师父的力量，他要借诸多的外力。那个中乘者还好一点，有点神通，元神还能运作。但是他是人心运作的，所以是假的。这点是最能迷惑人的，我们很多人一看有神通就傻了。凡是显现神通就是人心在用神通，就是假的，就不是长生之道。初乘者，元神的功力都没有，他只是用的元气，就更不行了。中乘、下乘，不管用的是元气还是元神，都不是长生之道。

　　"妙演三乘教，精微万法全"，如果不知道三乘，你糊里糊涂地投错了门，那就是瞎修、白修，修的就不是道，只是一种术，术不是道，最终成不了道。只有先天一气，才能够"精微万法全"，才能够"得一万事毕"。

　　这下一句叫"慢摇麈尾喷珠玉，响振雷霆动九天"，说须菩提祖师摇着一个麈尾，麈尾就相当于拂尘，是白色的银丝做的，很轻，质如轻云色如银，用这个法器比喻元神很轻很轻。"喷珠玉"，指菩提祖师是用元神在传道。传道不是人嘴在说，是元神在神传。只有元神才带先天一气这个能量。后天的意识心，假如说他是一个学者，他在讲道，那没有用。因为他是意识在说话，不带能量。菩提祖师"喷珠玉"，他放着一团白光，这个白光就是元神，元神就是一团白光。我的《内在小孩解道德经》这本书，很多人都看到它就是一团白光，

57

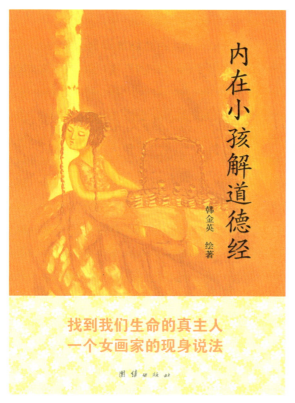

内在小孩解道德经

韩金英 绘著

找到我们生命的真主人
一个女画家的现身说法

团结出版社

它上边有一条白云龙。

"响振雷霆动九天",元神传道不是在这一个空间,得了先天一气,鬼神都来相助。鬼神,神在天界,鬼在地狱,也就是说元神是通三界的,元神一说话就惊天动地,所以叫"响振雷霆动九天"。"说一会道,讲一会禅,三家配合本如然",道指的是天地阴阳,子时阴气最重,之后一阳开始初生,到午时阳气最足,又开始一阴生。天地的阴阳能量,宇宙的阴阳就是道。这个禅呢?叫"真空妙有之机"。什么是

真禅呢?真禅和顽空不一样。顽空是什么?顽空它是不自然的,他说我现在要打坐,我要入静,我要空,我要让我没有杂念,他是人心做的,他往那去打坐又有这么一个相。他在做一件事,他心里在想一件事,这就不是真禅。真的禅是什么呢?真的禅不是这样。他没要做这件事,他心里也没有想,他自然地,心里什么都没有。那个空不仅是一个空,他只要一空,他就能够感觉能量。他感觉能量时,这个能量和这个空静是一体的,这个空就是真我,感觉到能量就是元神。真禅就是开了玄关,天地的元气你能够感受,你能够感受一开一阖,你的感觉和这个能量是合一的,一开一阖地在动就是元神。元神是能量和空静的心合一,叫"真空出妙有",就叫真禅,所以说"说一会道,讲一会禅"。为什么要把这两个东西放在一起?因为这个东西一开一阖的,它是天地的阴阳之气,而你的空静的本心就是禅,这个真禅就是这个能量、天地的能量,所以

禅和道是合一的。它是你空静的本心和天地能量的合一，就是开玄关，一开一阖永远在这儿动，是宇宙永恒的永动机在你人体上活生生的感受，所以要把道和禅同时合一。而这个合一是什么呢？道和禅这两个东西的合一，实际上就是我们这个太极。我们大脑松果腺里头，有一个转动的太极球，这个太极，儒家叫它太极，道家叫它金丹，佛家叫它圆明、智慧圆明。"三家配合本如然"，儒、释、道三家配合，它本来就是一体的，本来就是配合的。三家本是一家，只有先天一气、一开一阖的这一家。就像菩提祖师说孙悟空，说你姓什么呢？他说我没有姓，我是天地生的，无姓。三家好像是三姓——儒、释、道，但实际上三家只是一家，只是这个先天一气。先天一气是谁生的呢？是道生的，道生的这个德一元气。这个"一"姓什么呢？"一"它姓无。所以三家就是一家，三姓就是一姓，就是无姓。

　　"开明一字阪诚理，指引无声了性玄"，能做到一个诚字，所有的方法就没用了，什么方法都不用，就可以直接得先天一气，一个诚字就使你的本心元神和你后天的意识心合一。诚恳就是元神，元神就是先天一气，是大道能量的化身，元神就是能量、智慧的合一体。所以诚恳是捷径，真正的信就是元神，就是元气，就是得道。非常地诚恳，非常地信，自始至终不会动摇，不会二心，就是做到了一个诚字。诚心是走入先天世界的门槛，这个门里面是靠感觉、感应了解的。感觉的主人是元神，元神不当家就不会有感觉，丰富绚丽的先天世界就进不去。元神的内在的慧眼被蒙蔽，就与天人合一的先天能量世界失之交臂，天地的能量就感受不到。"指引无声了性玄"，一个诚恳，它能让你生出先天一气。"穷理尽性以至于命"，把本性的道理穷尽了，命功自然来。不用你练功，从来就不用练，都是自然来的。这个上乘法门，就是玩，整天就是玩，简单地过日子。先天是真，后天是假。先天是在多重空间，是无为自动运作的，是自然、自化的，一切都会自然发生。你的元神自动会抱天地的元气，自动地会让你的身体变成一个纯阳。而有为法就达不到，有为是后天的东西，后天的气，它不是先天一气，无法脱胎换骨。阴性的身体转化不了，无法成就。色身都解决不了，法身就更不可能成。必须先把色身摆平，这只有先天一气，只有无为才能做得到。须菩提祖师在开篇诗演道，讲大道到底是什么，大道就是这个道心，就是开玄关。

三、旁门左道

视频 2-2　http://www.tudou.com/programs/view/kRGP4BNnBTY/

这首诗之后，菩提祖师就问孙悟空想学什么，有术、流、静、动四大类。

《开玄关》（油画，作者韩金英）

术，指法术层面的；流，指诸子百家的流派；静，指各种静功；动，指动功。他讲了很多，就像钟离权祖师在《钟吕传道集》中举了几十种有为法，把它们全部列入旁门左道。旁门左道的意思就不是长生之道，它最终成不了，无法了脱，无法脱胎。

术字门是问卦、占卜这些东西。孙悟空说："似这般可得长生吗？"祖师道："不能，不能！"那孙悟空就说，不能得长生就不学。孙悟空非常聪明，他要学就学长生之道，不是长生之道根本就不去浪费时间。我们也要学孙悟空，不要糊里糊涂地蒙着脑袋就扎进去了，学了个歪门邪道，自己根本就不知道。法术不是道的层面，法术永远是在一个有为的层面在用这个道。大道如果是一棵大树的话，道是根，而法术不过是树枝、树叶。在术的层面不可能得道，对修道来说那是一种浪费。没有人心，元神自动运作，才叫真道。凡是人做的，不管你做的是什么，不管你比画的是什么，好像跟道有关，其实都不是道，都是假的。

西游记金丹揭秘

孙悟空出世

流字门指儒家、释家、道家、阴阳家、墨家、医家，或看经，或念佛，并朝真降圣之类的。菩提祖师说，就是"人家盖房，欲图坚固，将墙壁之间，立一顶柱，有日大厦将颓，他必朽矣"。也就是说儒、释、道、诸子百家，这些东西作为世俗的学问，给俗人看是可以的，作为成道来说，作为真道来说，它就不可以。它就像什么呢？就像房子总有塌的一天，塌了就没有了。也就是说，儒、释、道、阴阳家、医家、念经、念佛，这些东西，人的肉身没有了，它们就不存在了，那个长生的法身就得不了。

这里就有一个疑问：不是儒、释、道三家合一吗，怎么它们也被列入旁门左道？菩提祖师说，旁门有旁门的正果。他们有他们的正果，是旁门的果，而不是仙佛、金丹大道的道果，不能成就不坏金身。果和果有天壤之别，一个是长生之果，一个是非长生之果，这个区别太大了。儒、释、道三家都说的是"一"这个大道能量，为什么把它们列入旁门呢？因为真正的儒、释、道和世俗的儒、释、道不是一回事。菩提祖师这里批判的、列入旁门的，是世俗的儒、释、道。世俗的儒、释、道和真正的儒、释、道不是一回事。世俗的儒、释、道是用人的意识，意守、参禅、打坐、念经这些东西还在用人的意识，用人的行为在做，这些是后天的，后天的不是道。真正的儒、释、道都是自然无为的。

静字门，"此是休粮守谷"，也就是辟谷，不吃东西，"清静无为，参禅打坐，戒语持斋，或睡功，或立功，并入定坐关之类"。就是练睡功啊，练坐功啊，什么入关啊，什么入定啊，这些是什么呢？菩提祖师说："就如那窑头上，造成砖瓦之坯，虽已成形，尚未经水火煅炼，一朝大雨滂沱，他必滥矣。"他是说这些东西就像砖形成了，但是没有烧，没有进窑里烧，所以它就是个土坯，一经水它就完了。也就是说，静字门也不成，也是假的。南怀瑾先生说，看你们这些老禅，坐了二三十年、三四十年，没有一个坐出来的。他就在讽刺这个，好像是清静无为，参禅打坐，但是没有真正地无为，是假的无为，还是人在做的。参禅是用后天意识心在想，冥思苦想，想东也不对，想西也不对，还是意识心在想，只要你动了意识心就是假的。比如说什么意守啊，什么守下丹田啊，什么守上丹田啊，你看那个人意守的，脑门就出个大疙瘩，这就是后天之害。人心是燥火，燥火凝聚，违反自然，跟人体这个大自然的杰作完全是拧着的。只有自然发生的才是先天之真，一切非自然的东西全是假的，就像砖没有经过烧，水一来它就完了。

动字门呢，讲的是炼铅、采阴补阳等。菩提祖师说，这像月在长空，水中有影，虽然看见，却无处捞摸，到底成空。所以，现在社会上流行的各种各样的练，练这样的，练那样的，只要是练，全是假的。

菩提祖师举了术、流、静、动四个门类，包括着成百上千的法门。只要是你人做的，不管你做什么——不管你是用神通、用法术，还是用意识心做、打坐、吃斋、念佛，或者采阴补阳，炼那个化学的铅——都不是真道。儒家讲正心；佛家讲明心；道家讲观心。清静无为是老子的心法，定是佛家的心印，这个心都是道心、真心，并不是世俗的儒、释、道，不是那个心猿意马的后天意识心。所以菩提祖师把儒、释、道列为旁门，他讲的是用人心、用假心、用后天意识心，都是旁门。因为人的意识心是有生有灭的，只有开了玄关这个道心，它是一刻不停永远存在的，一秒不停的宇宙能量，这个宇宙能量活生生地活在你的身上，那个才是真心。只有这个真心是唯一能长生的。后天的意识心是阴阳，有生有灭。不生不灭的那个东西养出来的，才是真身，那个永恒不灭的真心才是真道，它是活生生的，它就是玄关一窍。后天意识心做的，不管你是做什么，不管你是用神做，还是用大脑做，还是用身体做，不管你怎么做，全是假的。

菩提祖师说，三百六十旁门皆有正果。他讲的就是旁门的正果，而非天仙之正果。"道法三千六百门，人人各执一根苗，要知些子玄关窍，不在三千六百门。"各种各样的功法都不是道。道就是玄关一窍，就是先天一气，就是人的元神和天地的元气合一了以后，永远在一开一阖的这个道心。它一刻不停，它像时间一样一刻不停。我们人操作的话，不做的时候就感觉不到能量了，那是有生有灭。只有自然的、不是人做的、自然天地在做的这个是真。我们看 B 超，小孩儿在娘胎里头，永远一开一阖的。小孩儿的天门地户是敞开的，中脉都是通的，所以天地的元气一开一阖地在动。人在娘胎里，天地的一开一阖这个先天一气把我们养大了，这个时候我们是阴阳混一的。当我们作为一个成人再开了玄关，再把这个先天一气接入的时候，我们就像在娘胎里一样，像在母亲的子宫里一样。只不过这个子宫是个天地的大子宫，所以它永远在一开一阖，就是这个感受。这个就是道心，如果玄关没开，就没得这个真道。不是这个真道自然做出来而是人做出来的，都是假的。

《玄牝通天》（油画，作者：韩金英）

看我的《玄牝通天》这张画，它讲的就是你的真阳上来。真阳如果不上来的话，你的本性就打不开，本性用一个佛的脸表示，这个佛的脸就是毗卢遮那佛。人体中有很多仙佛，大脑中心的这个叫毗卢遮那佛。洛阳的龙门石窟，武则天用节省下来的脂粉钱捐的一个佛像，是按照她的脸雕刻的。这底下是乾陵，乾陵是双乳峰，这两座山像乳房一样，中间这个神道，就相当于人的中脉。如果中脉不通的话，这个能量上不来，你的本性世界是打不开的，你的真我、你的佛菩萨出不来。出不来的话，你就成不了道，所以这幅画叫《玄牝通天》。

四、传道诗

菩提祖师生气了，说，你看这也不学，那也不学，你到底学什么？我不教

63

你了，就拿了棍子，敲了他头三下。敲了三下以后，这时就有一首诗，这首诗其中有一句叫"正直三更候，应该访道真。""三更"是什么时候呢？就是子时。"访道真"也就是说，道真就在子时，是复卦。贞下起元，大道能量发生的时候，也就是先天大药产生的时候，天地的阴阳在交合。寅时生人，阴阳之气产生之后，逐渐地壮大。一阳初生，二阳初生，三阳初生，慢慢地长大。这个天地的能量，从子时的时候它就开始有了。我们人在睡觉，元神不睡觉，元神自动抱天地的元气。当我们有意识的时候，元神被遮盖，把元神自动抱元气的功能给挡住了。睡觉时，识神下班了，元神在当家，元神它就自动地抱这个元气。所以我们这个时候身上就开始产电，真阳之火就开始阳生，"三更候"讲的就是这个。

这个时候菩提祖师打了孙悟空三下，孙悟空就明白了。这一打一受，他知道，祖师是要在三更的时候传道给他。祖师打了他三下以后，背着身就从后门走出去了。哦，孙悟空一想，背后就是后门的意思，就是悄悄的意思，道是六耳不传，要秘传、神传的，孙悟空就懂了。一传一受打破迷局，已经得了心传。

传道是要心领神会的，如果你用意识心在听，你的神没有懂，你的神没有和师父的神相会，这个道就得不到。只有你的意识心空静了，你的神和师父的神相会了，这个时候才得了道。道是无形的，是整体的。师父一说，这个无形的就已经传给你了，后来就会有莫名其妙的变化。就像我们的《金丹》课，这个课讲了，有的人当时就有动静，有的人是回家就有动静，然后就莫名其妙地、一天一天地，动静就越来越多，越来越大。这是什么呢？这就是无形的，就是心领神会，元神吸收到了能量，接收了信息，这种信息就像大脑输入数据一样。各种各样的身体变化缘自元神的信息变化，元神多一个信息，你的身体就多一个变化，所以说身体的变化是神的变化，神变肉变是这么一个关系。

这个时候菩提祖师就说了一句话："难！难！难！道最玄，莫把金丹作等闲。不遇至人传妙诀，空言口困舌头干！"

道最玄，千万不要把金丹作等闲。好像说，不都是道吗？金丹是道，三千六百法门也是道，错！根本不是一个级别的东西，金丹本身就是圣人的法身，不灭之元神。元神即是一金丹，本性即是一金丹，它就是仙佛级别的法身。它是顿悟法，一步登天。我们刚才讲了三乘，上、中、下三乘。上乘者"元婴育成"，就是太上无为法门，什么都不做，只要你大彻大悟，知道什么是真性，什么是真命，什么是真道，丹不炼而成。

金丹的理论源自于《道德经》，实践成熟于吕祖。在唐末的时候，吕祖把《道德经》变成一个人体实验，实验成功了，大批人成道。金丹其实就是本性能量、法身佛。从一开始，

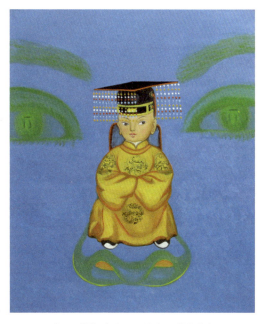

《一圣神》（油画，作者：韩金英）

就直接地登到山顶，起手就来到了最高峰，你没地方上了，只有一览众山小。你只要悟了，老天给你一步一步地提升，你的本性、你的真我会给你做，你的元神会给你做，根本用不着你人为地想任何东西，做任何东西，你只是开悟就足够了。

第一讲讲了先天一气，先天一气的操纵者就是一圣神。这个顿悟法门为什么厉害？这个太上无为法门，他讲的这个第一章，讲的这个道，无，名天地之始，有，名万物之母。他一开始讲的就是先天一气，一圣神就是它的操纵者，所以说金丹就是让你悟到底什么是道，一步登天。而你能登天要有工具，一圣神就是工具，就是最厉害的、让你一步登天能够站得稳的一个工具。你开了玄关，得了先天一气，一天一天地随着日月在变化，你在珠穆朗玛峰稳稳地站住，你已经一步登天了。"莫把金丹作等闲"，这个金丹是一个不二法门，就是最高的。这个至高无上的大道，"不遇至人传妙诀，空言口困舌头干"。这个妙诀呢，就一定是达道了的人，一个得了金丹的人，一个元神修成了的人来传。

《道德经》（油画，作者：韩金英）

他如果修不成的话，说了也是白说，说破了嗓子也没有用，你还是得不到。如果一个得道的人，你听了他的话，你就能得道，就非常简单。只有元神修成的人才有能力帮助别人，这是元神的分神运化的特点决定的。一个人元神修成了，就有无数的分神。孙悟空拔毛就能变成小孙悟空，他就有无数的分身，是这个法身去运作，去帮助，所以说"不遇至人传妙诀，空言口困舌头干"一个知识分子即使写了金丹的书，市场上有很多关于丹道的书，但是你看了书也打不开玄关，也得不着真道。就是说，不遇达道的人，你即使看了他写的书也是没用的，只能是懂一点道理，真正地得这个金丹，还是得不到的。

　　元神修出来的人，得了金丹的人，可以通有入无。没有得的人只能在物质空间，所以他就入不了道。因此，师父不是一日之师，他是元神分神运化，他是随时随地的帮助，是终生的老师，因此，一定要恭敬。恭敬师父实际上恭敬的就是老师背后的师父，这个恭敬可不是一个小事儿。孙悟空在闻道的时候，是"叩头谢了，洗耳用心，跪于塌下"，他叩头，跪着磕头。跪着表示他的诚恳，他的诚恳心一出来就是元神，元神才能够闻道，才能够接收道德能量。不是元神的话，意识心接收不到能量，元神是和能量一体的，元神是能量的化身。"洗耳用心"，用的是元神，不是用的后天意识心。听课的时候是要元神听而不是识神听。你说，哎呀，我怎么听一遍课听不懂啊？因为本性是很深的，当你大脑的能量不够的时候，你的大脑没有打开，你的本性没有打开，你就不容易真正听得懂。听不懂指的是识神，元神能够听得懂，不管你大脑里面的本性能量是否打开，你只要把后天的心放下，你的元神自动会采集能量，自动会逐渐地把你的大脑打开。

视频 2-3　http://www.tudou.com/programs/view/kRGP4BNnBTY/

下面这首诗是菩提祖师传道。这首诗讲的是怎么得道：很简单，元精发动，水火既济，就这么简单。"显密圆通真妙诀，惜修性命无他说。都来总是精气神，谨固牢藏休漏泄。"性命合一即金丹，性就是空静的本心，自然之心；命就是先天真气，就是那种电感、快感。后天叫生命，先天叫性命，金丹是先天的性命合一。先天的性命，指先天的元精、元气、元神，而不是后天的。这个精、气、神，要藏在体内休漏泄。精、气、神凝练了，从一种粗糙的能量，变成精微的能量，从好像水一样，变成膏状的，然后再变成檀香，一步一步地变。身体出现檀香味叫"道成肉身"，本性的能量已经在气化肉身，这是一步一步地把精华能量聚集在身体里头。"休漏泄"，就是你这个能量，不能把它漏出去。眼、耳、鼻、舌、身、意六根都在漏，比如说眼睛看就是漏，鼻子闻、耳朵听都是漏，还有性能量的漏，要把六根的能量都收回来。

"显密圆通真妙诀"，"显"是看得见的，"密"是看不见的，通有入无。看一个人在说话，其实是里面的神在说。元神是一个巨大的能量体，这个巨大的能量体，它在传输能量，它在传输一种高的智慧。看得见的老师在说话，看不见的师父在背后传输能量，看得见的空间和看不见的虚象空间共同运作，就叫磁场运作，就叫"真妙诀"。

"休漏泄，体中藏。汝受吾传道自昌。口诀记来多有益，屏除邪欲得清凉。""屏除邪欲"，"邪欲"就是说当真阳发动的时候，浑身充满电感，人处于这种状态时就会有性方面的联想。只要念头一起，还不用说做那个事，就元精化浊精，后天阴浊之气不堪入药。先天的药是有电感，但丝毫不动念。"欲"指人的后天意识，只要一动就是邪的，就得不了清凉。真阳冲到头顶，和阴精化合，变成真水。清凉的观世音菩萨的甘露是先天无形真水。对治强大的先天真阳能量，只是观察不动心念，就会得观世音的甘露。

看我的《返本还元》这幅画。底下的红色的莲花是命光。本性能量启动了，到上边来以后变成真水，是白色的一种清凉的气息，就是白色的莲花。这幅画讲的就是真阴真阳合一，就是金丹。你感觉到浑身是电，电就像水一样哗哗哗的，一浪一浪的。它是水呢，还是火呢？既是水，又是火，水火是一个东西了，叫水火既济。水火既济就是丹，就是阴阳混一之气。

《返本还元》（油画，作者：韩金英）

"得清凉，光皎洁，好向丹台赏明月。月藏玉兔日藏乌，自有龟蛇相盘结。"真水、甘露下来了以后，人就能看到月亮，月亮指松果腺放的光。月亮自己不会发光，靠反射太阳光。人体的真阳像太阳落在腹部，能量冲上来，把月亮照亮，松果体那个透明的光球就放光。我们内视到一个白色的光球，就像月亮一样，这叫"丹台赏明月"。

"月藏玉兔日藏乌，自有龟蛇相盘结"，腹部是水，水中落了个太阳。水里着火了，真阳之火起来了，这就是阴中之阳，就叫真阳。头部是离卦，头顶流下甘露了，就是火中之水，就叫真水。真水和真火合一就是丹。"自有龟蛇相盘结"，

《肾神玄冥》（油画，作者：韩金英）

龟蛇是人的先天肾气，肾阴是龟，肾阳是蛇，龟蛇这两个象出来了就叫元精。元精产元气，龟蛇相盘结了，元气就产出了。"相盘结，性命坚"，因为有了元气，就把性命很结实地结合在一起了，就是真阴、真阳结合在一起了。"却能火里种金莲"，"莲"指本性，"金"是永恒不坏的意思，真阴、真阳合一了以后，得的这个金丹、这个金莲，是一个永恒不坏的、与天地齐寿的法身。人人都有两个身，一个肉身，一个法身，法身就是我们投胎那口先天一气。在先天一气的帮助下，先天的阴阳重新合一，先天永恒的真一又重新长出来了，叫"火里种金莲"。

"攒簇五行颠倒用，功完随作佛和仙"，"五行颠倒用"，水本来是往下流的，火是往上炎的，可是先天的火变成了水，往下，先天的水变成了火，往上。河图讲的是先天，洛书讲的是后天。河图讲的是五行颠倒，形状是圆的，五气朝元。

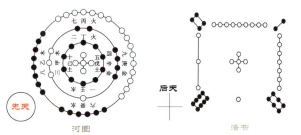

颠倒之法，**五行合为一性**，大地七宝，作佛成仙。

河图

顺行之道，**五行各一其性**，法界火坑，生人物。

后天 洛书

五脏转阳了以后，五合成了一，五行合为一性，大地七宝，成仙做佛。先天古河图就是法身，就是元神。元神是什么？就是五气合一，就是元精一发动，先天一气把五脏变成了一脏，它已经不是五，是一了。洛书讲的是后天，后天是五行各一其性，是"法界火坑"。后天是顺则生人，通过生殖，把能量放出去了，就是"法界火坑"。本该"休漏泄"，却都漏出去了，这是成就法身最大的祸害，五行是向外发散的，能量是被消耗的。所以后天是什么？后天就是耗。先天是什么？先天就是聚，把能量聚成为一，即先天的真一。所谓悟道，不仅要悟，还必须要五脏转阳，把你的肉身转阳，转成先天的了。看下面《五气朝元》这个图。元神是一个系统，包括青龙、白虎、朱雀、玄武、黄凤，这五个动物是天地能量在人体的显象。比如说心神丹元是心的磁场，在膻中穴附近，有一个红的朱雀，当你能够看到这个象时，表示你和天体能量沟通了，你和南方七宿沟通了。青龙、白虎、朱雀、玄武、黄凤是五脏转阳的标志。《易经中的生命密码》送的五脏神的图片，其实送的就是金丹，让你尽快地能够看到青龙、白虎、朱雀、玄武、黄凤，尽快地五脏转阳。

五行颠倒用了以后，第一步水火既济，第二步金木交并，也是先天的水火既济。西边是金、

肺神形

肝神形

脾神形

心神形

肾神形

五气朝元

肺金，东边是木、肝木，肝藏魂，肺藏魄，金木一交并了以后，魂魄就合一，合一就是元神，就是这个过程。这两步是自动完成的，这个功是老天做的，不是你练的，这个功完了就是佛和仙，就是你整个肉身转化完了，转成一个纯阳体了，转成了元精、元气、元神、元情、元性，完全转化成一张先天的古河图出来。你的这个身体就是一个圣人的身体、一个儿童的身体。

孙悟空听完须菩提祖师传道，他"暗暗维持，子前午后，自己调息"。"暗暗维持"，一般人的练功打坐，是一种外在的做。"暗"，指先天一气，谁也看不出来，只有自己感觉得到。先天一气自己在那儿动，叫"暗暗维持"。"子前午后"，讲的是晚上一阳初生到中午阳气最足，六阳生，子前午后天地阴阳在交合，孙悟空同步感应着天地阴阳之气的变化。"调息"，好像你的呼吸外又增加了一个呼吸，这个呼吸是一开一阖的、无处不在的一个大的呼吸。有的时候你自己口鼻的后天的呼吸停止着，但内在的呼吸依然在那里动，你的呼吸是不是完全给闭上呢？不是。把扎在水里五个小时不出气说成胎息练成了，这根本就是假的，胎息不是这个东西。开玄关这个真胎息，是后天和先天的呼吸合一了，不是没有后天的呼吸，而是后天的呼吸几乎感觉不到了。

"却早过了三年……祖师道：'你这一向修些什么道来？'悟空道：'弟子近来法性颇通，根源亦渐坚固矣。'祖师道：'你既通法性，会得根源，已注神体，却只是防备着三灾利害。'"他这段话就讲三年通法性，会得根源，已注神体。这句是重点，先天大道的金丹是三年成就的。返本还元，把生命最原始的能量找回来了，叫"会得根源"。生命之根的能量，已经把你的精神体给养大了，而且已经通法性了，神能够运作了，能够通有入无了，突破太极玄线，进入到无形的看不见的空间了，三年这个时间很重要。

我为什么对《西游记》感兴趣呢？因为我感觉自己就走了孙悟空的路子，我也是三年，玩儿着就入道了。我就是画画，画着画着玄关就开了。没师父，找经典印证，我发现怎么画的都是《道德经》呢，我就把画室叫"道德经艺术馆"。我的身体开始出现一步一步的自然变化，最初出现"阳光三现"，画画累了坐

北京道德经艺术馆，通州宋庄小堡国防艺术区 E111 号

在那儿，迷糊一会儿，外界所发生的什么事情都知道，这就是元神状态。静得很深，突然地一动，眼睛冒出房子这么高的一个淡金色的光圈，也不知道怎么回事。没过两天，突然又冒过两次，丹经上叫"阳光三现"。后来，画着画着，突然有个东西在腿上动。我的注意力移到手上，又在手上动，总是在一开一阖、一开一阖的。我要再注意胳膊呢，又在胳膊上动。后来知道，这是开玄关了。因为画《道德经》，悟《道德经》，我就已经得了大道真传。大道真传就是看你的状态，完全自然的元神状态的，大道直接就传授给你。我从来就没摸过画笔，居然能画出来，而且画得那么好看，自己就高兴啊，每一次画完画，就给自己鼓掌，就蹦起来鼓掌，简直是高兴得不得了。我完全在玩儿，完全的元神状态，所以玄关就开了。我发现《道德经》写的都是先天一气，写的都是开玄关这个事。我就根据自己的体验写了《内在小孩解道德经》。书出版后，我的身体发生了一系列的变化。每到初一、十五，特别是十五，老天就送礼物。十五天一小变，三十天一大变，就一直这样变。2009 年 7 月开玄关到现在，一直在变，越变越玄妙，越变越好玩儿，就是这样过来的。

五、防危虑险

玩儿着就修成了是无为法门，无为法就要求你自然，要求你放下后天意识心。能放下就是元神，元神就是道心，有了道心，玄妙的东西就会出现，所以叫"通法性"。人的神有了能量之后，后天意识心还没改造好，灾难就接踵而至，菩提祖师说有火、风、雷三灾。

雷灾指外在的灾害。没得丹时心性不到家，还可以原谅，得了丹，心再跟这个自然能量扭着，就会有很大的麻烦。丹是自然能量，要自然的心、元神养丹。如果还是后天意识心，这个不自然的心，就会伤害那个自然能量的丹。得了丹以后，必须要明心见性，必须要回归本元，进入清虚、自然、无争、朴素的元神状态。不然的话，这个雷灾、这个天灾就难免。

火灾就是人心，人心是一团躁火。道心是真土，真土养圣胎。躁火烧丹，把先天一气这个真气就烧掉。得了先天一气的人脸上有白玉的光，家里一吵架，透明的白玉光一下子就没了。元神长的时候，最怕的就是生气，元神必须绝对的爱，内心总是喜悦的。人变得没脾气，永远乐呵呵的，才能养好元神。如果还是杀、盗、淫、妄、酒的俗人的心就是躁火，这个躁火不是一般的危险，能要人命。伤神就是伤命，神一伤了，身体肯定垮掉。

风灾，菩提祖师说，从囟门进来，一直烧到你的涌泉，把你的五脏都变成灰，把肉都给你化没了。其实他讲的是阴风，是说你如果得了丹，天门地户都打开了，已经进入多维空间，你还是一个阴性的心，一个俗人的心，那你招来的全是阴气，妖魔鬼怪会把你身体变成一个魔窟，你的身体会成为妖魔鬼怪的房子，你的真我会被侵蚀。所以说得了丹的人，必须是一种如如不动的本心状态，是一种自然清虚、与世无争的简单状态。如果你做不到的话，你动一念就招一个魔。菩提祖师说的三灾九难，好像是夸张，其实一点都不夸张，我们都走过来了，都经历了，都看到了，我们懂了，这一点都不夸张，是非常真实的。

菩提祖师说完了"三灾"之后问，你学得怎么样啊。孙悟空说，我已经可以霞举飞升了。霞举飞升就是已经能够腾云驾雾了。菩提祖师说，那你表演一个看看。他就这么一跳，没有多高就掉下来了。再来一次，没有三里地又掉下来了。菩提祖师说，你这个不叫腾云，你这叫爬云。然后，教了他一个跟头十万八千里，教了他这么一个诀，他就成了。十万八千里讲的就是元神一念即到。孙悟空有七十二变，这个七十二变讲的就是一年之候。一年有三百六十五天，人和天合一了，天地怎么变，人就怎么变。小说中写师兄们起哄说，变变变，变个什么呢？说变棵树吧？好吧，孙悟空一变，变了一棵松树。孙悟空是水中金，金是兑金，木是震木，自身是金，又变成木，就是金木合一了。金木合一即金木交并，先天的水火合一。后天的水火合一，先天的水火合一，先后天都完成了，两重的水火既济都完成了，法身就出来了。

视频 2-4　http://www.tudou.com/programs/view/GZpNoseIDdM/

须菩提祖师看孙悟空在卖弄神通，就很生气地把他赶走了。神通是不能显的，只要显神通，就是后天意识在用神通；神通是不能用的，不是让你显摆的，不能随便露的。祖师赶他走说："你从哪里来，便从哪里去就是了。"孙悟空说："我从东胜神洲傲来国花果山水帘洞来的。" 祖师道："你快回去，全你性命；若在此间，断然不可！" 这说的是返本还元。孙悟空"径回东胜，那里消一个时辰，早看见花果山水帘洞"。孙悟空回到了他诞生的地方。

丹是怎么产生的？看《返本还元》这幅画。外边一个大的元气泡，比喻我们投胎那口元气。当你能够进入到这个元气的时候，你的整个人体，就被一个大的元气包裹起来，就是开玄关。这个时候你的真阴、真阳就合一，你回到你投胎那口元气，你就得道了。孙悟空回到花果山，其实就是返本还元的意思。一个时辰就到了花果山，其实讲的是一个时辰结丹。只要返本还元，回到你先天那口元气上，一个时辰——两个小时，保证你结丹。

《返本还元》（油画，作者：韩金英）

孙悟空回去的时候，文中有一首诗，第一句是"去时凡骨凡胎重，得道身轻体亦轻"。人没有得先天一气的时候，元精没有发动的时候，身体好像很重。元精发动了，得了这先天一气，马上就觉得骨头都轻了，走路快步如飞，我们所有的人都有这感觉。为什么感觉骨头轻了？元神就是一口清气，神气神气，神不离气，气不离神。肾主骨，骨头得了先天一气，就变轻了。尘骨凡骨重，仙骨就轻。得了先天一气就有仙风道骨，道骨就是仙骨，仙骨就很轻。

"举世无人肯立志，立志修玄玄自明。当时过海波难进，今日回来甚易行。别语叮咛还在耳，何期顷刻见东溟"，这是说人们其实就是不肯立志，立志了以后就非常容易。什么叫立志呢？我干一个工作——干个医生，干个律师，这叫志吗？这不叫志。什么叫志呢？让众生觉醒、了解本性，为这件事去工作才叫立志。立志了就开内玄关，也叫密玄关。没立志，内在的心性没打开，天地的本元能量和你就很难嫁接。立志是捷径。不是为了自己年轻、得道成仙去干这件事，不是。是为了探索生命的真理，让更多的生命去实践这个真理，去得这个好处，这就叫立志。我办的"道德经艺术馆"于2011年五月初五开馆，五月初四我去买花，天上就降了金光轮，有天空那么高，包着我的车，我开着车就跟着我走，跟了我好长好长时间，三个金光轮跟着我。立志了，道光德能直接就给你了。

　　须菩提祖师嘱咐他，嘱咐的话还在耳边回响着，他就已经到了花果山了，非常快，非常简单。金丹大道非常简单，关键就是你的心在哪儿，你用的是什么心来接受这个金丹。孙悟空的水帘洞被妖魔占领了。孙悟空找妖魔算账，跟妖魔战斗。孙悟空骂道："你这泼魔，原来没眼！你量我小，要大却也不难。你量我无兵器，我两只手勾着天边月亮哩！你不要怕，只吃老孙一拳！"妖魔说，你这么小的个子，有什么本事。妖魔不懂金丹的厉害，不懂先天一气的厉害。孙悟空说两手勾着天边月亮，上弦是左手勾着月亮，下弦是右手勾着月亮，如果双手抱着月亮——月亮是元神的象——就比喻已经成道。"取魔金而即为我用"，"魔金"指性欲，水中金这个能量、这个真金已经为我所用。真金永远在产，在养育着法身。

元神有无数分神

接下来，孙悟空跟妖魔战斗的时候，他就拔出一把毫毛丢在嘴里嚼，然后"望空喷去，叫一声：'变！'即变做二三百个小猴，周围攒簇"，这些小猴就围着他。这个时候小说原文这样说："原来人得仙体，出神变化无方。不知这猴王自从了道之后，身上有八万四千毛羽，根根能变，应物随心。那些小猴，眼乖会跳，刀来砍不着，枪去不能伤。"孙悟空的毫毛变出小猴，讲的就是元神的分神运化，元神有无数的分神。我们看这张《元神图》，这是古代的《性命圭旨》里的一张图。元神能分出无数的我。这幅油画《分神运化》，表示的就是我们的心神，用一个小人来比喻，有好多好多的小人。身外有身，讲肉身外还有一个看不见的光影的身，好像是一个影子，跟你一样的，一个是光影的身体。刀砍不着、枪伤不着，讲的就是无形的身外身。

《分神运化》（油画，作者：韩金英）

孙悟空找到妖王，把乱七八糟的东西一把火给烧了。妖王占据水帘洞，水帘洞的真主人是谁呢？水帘洞的真主人在正南方，花果山水帘洞洞主，正南方是离卦，离卦是元神，也就是说真水在南而不在北。妖魔指的是后天意识心，指的是后天浊精。真水在南、在头部，不在北，不在腹部。孙悟空烧光了妖怪的东西，讲的是剿灭后天之假、后天的浊精。真正的元精，水中金，不是有形有相的物质。"一刀两段，直下欲念剿灭绝根，放起火来，把那水脏洞烧得枯干，尽归了一体。""欲念剿灭"，是去掉后天意识心。"尽归了一体"，肾和脑在两个地方，真阳发动后就合二为一。真火、真水归了一体，一是法身，二是色身。

孙悟空每次用汗毛变东西，又把它收回身上去，变了很多小猴子，他这么一收，这小猴子就没了，变回毛，又回到他身上去了，这讲的就是元神不寐。"贯通一姓身归本，只待荣迁仙箓名"，"一姓"指先天一气。玄关开了，先天一气这个生命本元和你的身体合一了，长出来一个金丹。"只待荣迁仙箓名"，"仙箓"是在天界有一个级别、地位的意思。第二回讲的"断魔归本合元神"，元神才是真妙道。

看这幅油画《弹琴观音》，裙子像蛇，蛇是肾火，真阳之火。外边的紫色的光，是宇宙的道气，人得大药的时候，天地的元气进来的时候，人的能量是巨大的。但人的神是静的，心是空的。你看菩萨的眼睛是垂着的，是空静的，她用空静的心对治高能量，这就是金丹。古代说琴瑟好合，指的是阴阳交媾。天地的灵阳之气和你的感受之神在合一。

《弹琴观音》（油画，作者：韩金英）

《西游记金丹揭秘》
主讲：韩金英

第三回

四海千山皆拱伏
九幽十类尽除名

大家好！今天我们讲《西游记金丹揭秘》第三讲——还丹妙旨。

视频 3-1　http://www.tudou.com/programs/view/fD2wsj1H-9M/

上一讲讲的是"得师真传"。什么是真道？明白了真道，还要行道，"知之真，行之果"。道是一个整体性的、理论和实践融为一体的东西。所谓"格物致知"，真正的"知道"，是用实践检验，实践检验过的才是真知。道是体验性的，是理论与实践结合的产物。只是悟了道，没有体验，就还不是道，还是后天意识上的，是与整体、能量脱节的，是假的。第三回的故事主要是两部分，前一部分讲孙悟空得金箍棒，后一部分是孙悟空去地府销了死簿。

一、题解

金箍棒是从龙宫得的，是个定海神针，其实这说的是水中金、先天一气是定海神针。学道没得先天一气，没开玄关，没元精发动，没体验水中金，就还没有入道的门槛。道是整体能量，体验不到先天一气这个道的能量，就是还没入门。金箍棒实际讲的是"还丹妙旨"，是怎么得这个先天一气。水中金是从哪儿出来的？是怎么回事？金箍棒其实讲的就是这个。

这一回的题目是《四海千山皆拱伏　九幽十类尽除名》。"四海千山皆拱伏"，讲的是降服山水，山指头部，水指腹部。有了先天一气，脑、肾连为一体，山精、龙王都非常地服气，非常地崇拜。"九幽十类尽除名"，得了先天一气即灵魂永生，超生脱死，在阴间销了生死簿。先天一气是阴阳造化之根，所有的灵性生命都是先天一气所生。通了先天一气，所有的灵性生命，不管是山上的还是水里的，只要是含灵的生命，都可以通。这些生命还处于后天的有生有灭的"二"的状态，他们对不生不灭的先天"一"的状态非常渴望、非常崇敬，所以"四海千山皆拱伏"。先天一气是不生不灭的道体，这个宇宙永恒的能量活在我们身上，我们的精神体被这个不生不灭的永恒能量与智慧塑造，我们从一个俗人升华到一个圣人的关键的一步就是得水中金，给大脑供养高能量，大脑操控着全身，水中金使我们的身体完成先天性转化。

二、四海

《西游记》是借外指内的，借四海龙王来朝贡，说人体内在的四海。"心为血海，肾为气海，骨为髓海，脾胃为水谷之海。"人得了先天一气这个生命本元能量，人体水的系统——不管是血海、气海，还是髓海、水谷之海——就被水中金进行了先天性的改造。这四海被水中金沐浴了以后，人体就全面地返老还童，相当于现代医学说的原始干细胞自我复制。干细胞是性细胞里头提取的，用原始的干细胞消灭那些坏死的细胞，这叫干细胞疗法。先天一气比干细胞还厉害。干细胞是有形的，先天一气是无形的，是肉身还没有形成的时候先天那口元气，它是和天地融为一体的一种高能量。先天一气在人体里运作，比原始干细胞更空灵，它不是实在的浊重的物质，它是一种很清的清气。大量地复制那口元始祖气，我们人体的四海——心、肾、骨、脾胃所含的液体就被先天一气所转化，人就变得年轻，五脏六腑被迅速地进行逆反先天的变化，就会返老还童。

水中金、先天一气，其实就是我们说的先天之本的肾气。先天肾气和先天一气是一个东西，在天上叫先天一气，在人体里叫先天肾气。先天肾

《先天一气》（油画，作者：韩金英）

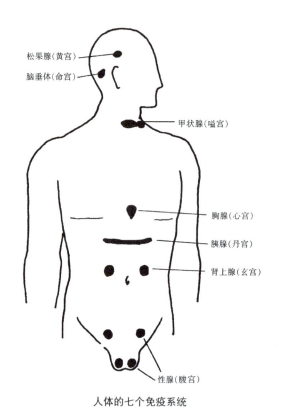

松果腺(黄宫)

脑垂体(命宫)

甲状腺(嗌宫)

胸腺(心宫)

胰腺(丹宫)

肾上腺(玄宫)

性腺(胺宫)

人体的七个免疫系统

气、元精能把人的性腺系统——女人是子宫系统，男人是前列腺系统进行复返先天的改造。人的上边有七个免疫系统，性腺系统在最下边，先天肾气倒循环，从下往上，一层一层地逐级上升，把人的免疫系统进行先天性的改造。水中金这个先天肾气就相当于底火，火如果很旺的话，上边的六个免疫系统就非常强大，这说的是内在的四海。

三、水中金

小说的一开始说孙悟空去找武器，说孙悟空"就捻起诀来，念动咒语，向巽地上吸一口气，呼的吹将去，便是一阵狂风，飞沙走石，好惊人也"。孙悟空去傲来国找兵器。傲来国是个虚无的地方，无所从来，无所从去。"巽地"，是巽卦，属龙的方位，龙是元神的意思。龙所到之处像龙卷风一样能量巨大，用龙的能量比喻元神和能量是一体的，同时，又是大智慧的化身。

孙悟空吹一口风，"风起处，惊散了那傲来国君王，三市六街，都慌得关门闭户，无人敢走。悟空才按下云头，径闯入朝门里。直寻那兵器馆、武库中，打开门扇，看时，那里面无数器械"。傲来国的兵库中，刀、枪、剑、戟什么兵器都有，都被孙悟空给拿干净了。傲来国比喻无所从来的道体，道体的兵器即先天一气之用。把傲来国所有的兵器都拿走，讲的是先天一气之用通通地到手。先天一气都有什么用呢？等会后边就会讲到。

《水中金》（油画，作者：韩金英）

一个跟头十万八千里，"筋斗云有莫大的神通"，讲的是灵通感应，一念即到，这是先天一气的用之一。孙悟空说："我自闻道之后，有七十二般地煞变化"，"七十二"指一年七十二候，与天地同步，天地合一。"善能隐身遁身"讲的是身外有身、隐身人。"起法摄法，上天有路，入地有门"讲的是元神通三界。"步日月无影，入金石无碍；水不能溺，火不能焚。那些儿去不得？"讲的是无形的光蕴身。这些都是元神看到的虚无空间的象，不是肉眼看到的现实世界的东西。对没得先天一气的普通人来说，是稀奇的神话，对得了先天一气的人来说，是内景体验。道生一，道生德一元气，讲的就是先天一气。道是个空无，但无中生妙有。孙悟空到傲来国去抢兵器，讲的是道的玄妙之用，不是孙悟空当了强盗，用神通把人家国家的人全都弄迷糊了，偷人家的兵器，不是这个意思，不要这样理解。

视频 3-2　http://www.tudou.com/programs/view/mtYM1pGR6-A/

孙悟空找来了兵器训练小猴子，现在很快乐，很好。他恐怕哪天有谁来找麻烦，所以把自己先武装起来。"一座花果山造得似铁桶金城"，水帘洞底下的铁板桥，指会阴窍，元精、元气被封在里面，再也不会外泄。"铁桶金城"是根本牢固的意思，元精、元气不泄露是基础。"三岔路口寻真种"：元精库有三条路，一条通中脉，从头顶到会阴，一条通到元精库，一条通外阴。锻造铁板桥是把向外流失的路堵住，不漏精气。精化气，气化神，在化成后天的浊精前已经提升为另一种物质，化为元气供养大脑。成年人的能量是往下走的，真阳之火起来，能量反过来往上，供养大脑。不漏精气，不是人为地堵，是自然地化，精化气，化完了自然不漏。

先天一气在体内运转，五脏六腑的阴气被转阳。凡是有毛病的地方都被它给疏通了，修复了，人变成一个纯阳体。一般人是一半阳一半阴，纯阳体是变成一个阴阳合一体。表面看都是成年人，但一般成年人的电感是片刻的，是集中在一点上的；纯阳体的人，电感是遍布每个细胞的，全身是大面积的、长期的电感。

先天一气、纯阳能量能涤阴转阳，把阴气转阳，把病气治好，这只是能量层面的。能量是心灵带动的，心灵的正能量强大、负能量微弱是关键。人体左侧为阳，左边的肝主生发之气，肝藏魂，魂为阳，魄为阴。肺藏魄，肺在右边，是人体阴性的部分。肉体的阴性转阳，精神体的识神同时被转化。识神是后天意识，它的体是阴魄，当阴魄转阳了，魂魄合一就是元神。没经过这一番转化的人叫元性，转化过了的叫元神。看《观音的故事》这张画，观音的一双手，一只手上是个小男孩，一只手上是个小女孩，两只手抱着一个金丹，讲的就是阳魂阴魄合一、元神形成。元神就是金丹，是永恒不灭的真身。这张画被南方的一个朋友收藏，画送到他家的时候我去了。挂画的时候，我们点了香，恭敬礼拜。刚才还挺凉快的，一恭敬，屋子里的四五个人突然身上都起火，烧得满身大汗。高能量看不见但可以真实感受到。观音、元神、金丹都是高能量，你亲身体验了就明白了。

孙悟空很有名气了，得了一个不灭之体，千山七十二洞的妖王都来朝拜。这有两层意思，一是一切含灵的生命都向往长生；二是妖指阴气，得了先天一气以后，身上所有的阴气都化掉了，所有的阴气都服输了。

孙悟空嫌武器不够好，

《观音的故事》（油画，作者：韩金英）

他说自己有七十二般变化，能驾筋斗云，能够隐身，能够上天入地，能"步日月无影，入金石无碍；水不能溺，火不能焚"，哪里去不得。他的随从丛愿道："大王既有此神通，我们这铁板桥下，水通东海龙宫。大王若肯下去，寻着老龙王，问他要件甚么兵器，却不趁心？"铁板桥下通龙宫，讲的是龙在水中，坎卦水中的一个阳爻就是龙，元精发动的结果是龙的腾飞、元神的生成。孙悟空找龙王，表面上是外求，实际上是求自己。所谓"他家不死方"，指天地的元气，"他家"不是异性。先天真气起来了以后，很多人看到龙从腹部往上飞，这是无数人看到的象。水通龙宫，水中有龙，水中金的结果是元神、龙的长成。

四、元神、龙

"龙王……问道：'上仙几时得道，授何仙术？'悟空道：'我自生身之后，出家修行，得一个无生无灭之体。近因教演儿孙，守护山洞，奈何没件兵器。久闻贤邻享乐瑶宫贝阙，必有多余神器，特来告求一件。'""瑶宫"、瑶池指大脑，瑶池蟠桃会，看《人体黄金》这幅画，人头部有一个蟠桃，"贝"是珠玉、宝贝，"阙"是宫殿。这是说大脑是一个珠玉、宝贝的宫殿，龙王享乐"瑶宫贝阙"，是说龙王虽然在水里头，但他能飞上大脑，元神就在里面。龙能"行云布雨，能大能小，能升能隐；大则兴云吐雾，小则隐介藏形；升则飞腾于宇宙

《人体黄金》（油画，作者：韩金英）

之间，隐则潜伏于波涛之内"。用龙来形容元神能大能小，能行云布雨，变幻莫测。水中金这个金、这个电感养出来的就是元神。元精发动，龙显象，走到哪里，哪里的云龙就感应。

老子犹龙。我讲《道德经》，经常能看到云龙。2013年初，在石家庄上完最后一次课，快到火车站的时候，看到天上这条云龙。已经是晚上七点半了，根本就没有太阳。在车里往外看，看到天上有一条云龙，只显示了龙头，好像"而今迈步从头越"的意思。当时没有太阳，但是照片上显示了太阳的光。2013年4月，在武汉长春观道德经艺术馆开馆的两天活动结束时，天上的云彩又现了一条云龙。2013年8月，函谷关道德经艺术馆开馆，照片拍下艺术馆的上空布满了紫光、紫气。开馆仪式后，我到附近的铸鼎原——黄帝驭龙升天的地方，黄昏十分，看到天上有一条云龙，落日像很亮的龙珠。我们捐的道德经艺术馆的牌子，是整木刻的龙牌。取牌子的时候，我一掀开，看到龙头，突然我的腹部像被东西揪一样，像月经要来的子宫疼，疼了有四十分钟。我明白了，龙就在水里，水中金、先天一气就是龙。一看见龙，水里的能量就强大了。青春的生理状态立刻就出来了。

元精发动的目的，是为了让你生命本元的龙飞出来。很多人搞错了，贪恋电感，陶醉在皮肤细嫩、人变得光彩年轻上。年轻是个最小的、初级的效果，最终是要让元神永恒不灭。放下后

道德经艺术馆龙牌

天的俗人的那一套东西的人，不要学道。学道最终不是只让人年轻，它有自己很高级的目标。元精发动的重点是让你的龙升起来。龙潜伏在水里，元精发动，元气化成一条飞龙冲上天。当然，这是你的天眼内视看到的生命先天景象，不是肉眼看到的现实物质。龙是虚无的本性的符号之一，本性居住在大脑，先天元气把大脑深层的本性能量激活了。

视频 3-3 http://www.tudou.com/programs/view/KTesOncL-JE/

看"乾卦"这张图，六爻都是阳道。纯阳能量体比喻的就是元神、龙。《易经》的卦辞说："大哉乾元，万物资始，乃统天。"先天一气，所有的东西都是它生的。"万物资始，乃统天"，一切的东西都是因为它才有了开始，叫"统天"。"云行雨施，品物流形"，先天一气这条龙"云行雨施"，龙就用云和雨体现。"大明终始，六位时成，时乘六龙以御天"，六个位置都是阳爻，就可以"乘六龙以御天"，"御天"是驾驭阴阳的意思，阴阳在乎手，造化由心。"乾道变化，各正性命，保合太和，乃利贞"，"乾道变化"，纯阳的先天一气，让先天的性命合一，正能量就是"一"的能量，就是先天一气。"保合太和"，"太和"指先天一气，和气就是先天一气、天地的元气。"保合太和，乃利贞"，"贞"是正的意思，生命有了先天一气，先天的性命就非常的纯正，性命就合一。"乃利贞"是使你非常好，非常的吉祥。"首出庶物，万国咸宁"，因为有了先天一气，一切都安宁了，所有的东西就安泰了。泰就是和谐，有了先天一气，万事万物就都和谐了。

《易经》的一个阳爻就是先天一气，就是龙文化，而龙诞生于水中金。人体好像是一个八卦炉在炼丹，炼的什么丹呢？炼的就是这条龙。金丹就是虚无的龙，它是变化多端的。内视的龙和天上的云龙会内外相应。道德文化就是龙文化，我讲道德能量就常看到天上的云龙，这叫天人感

乾卦，纯阳，龙，元神

应。2009年9月，我在永乐宫做"见证真我"油画大展（"真我"就是每个人的道德之身），展览刚布置好，天上就出现一条云龙。这条龙是马头、龙身，龙马合一。马是后天意识心，心猿意马；龙是自然本心、元神。元神、识神合一，就呈现这么一个龙马的象。三年以后，我的圣婴脱胎，才知道这条龙的含义。人体八卦炉在炼这条虚无的龙，同时天地有一个大八卦炉，一虚一实两个炼丹炉，师父在"另设炉鼎，同步而冶"，这就是真正的大周天，天地能量在你的身体里头开圈，在养

在永乐宫拍到的龙

圣胎，在另外一个大的炼丹炉里，师父召唤你去，给你上课。

五、金箍棒

孙悟空跟龙王要宝贝。龙王先给的是一杆叉。龙王说，哎呀，这杆叉可是三千六百斤呢。孙悟空说："不趁手，不趁手！"然后又给他找一个，是七千二百斤，孙悟空还嫌轻。三十六指天罡，七十二指地煞。天地是物质世界里最大的，孙悟空还嫌轻，形容先天一气非常大，大于天地，是非常厉害的。龙婆建议说："大王，观看此圣，绝非小可。我们这海藏中，那一块天河定底的神珍铁，这几日霞光艳艳，瑞气腾腾，敢莫是该出现，遇此圣也？"将龙宫里的神铁给人，龙王很不高兴，说："那是大禹治水之时，定江海浅深的一个

《天星地潮》（油画，作者：韩金英）

定子，是一块神铁，能中何用？"大禹治水，舜传禹。舜帝、禹帝是中国最古老的圣贤，就是说神铁是圣贤代代相传的。"神铁"指精气神这个"神"，是"神"才能用的，不是人拿手能用的，是神用的一个工具。"定江海浅深"，指得了先天一气后人的功力水平。得了先天一气、水中金，才能够测量人的功力。

　　为什么是龙母献宝呢？为什么是龙王不愿意给，龙母说了以后就给呢？水中金这个先天元精，源自于天地自然，来自大道。像《道德经》里说的"有，名万物之母"，先天元精这种德能量，是灵性俱足的母性能量，它是万物之母的能量在人体里的显现，叫"有国之母，可以长久"。有了这个能量就可以长生，所以是龙母献宝。

视频 3-4 http://www.tudou.com/programs/view/3dh05uAiqQU/

孙悟空"心中暗喜道：'想必这宝贝如人意！'一边走，一边心思口念，手颠着道：'再短细些更妙！'拿出外面，只有丈二长短，碗口粗细。"在电视剧《西游记》里可看到是一块巨型的铁。孙悟空这么一说，它就变，变小了，拿到外面时只有一丈二了。一丈二是什么呢？就是十二的意思。十二属相一个圆，实际上讲的是无极圈，就是道。道用"〇"表示，在卦就是乾，纯阳，在数是 9。金箍棒一万三千五百斤重，是九千再加上四千五。四千五，五九四十五，合乾卦的九五，九五之尊。乾卦卦辞中说"飞龙在天"，"位乎天德"。九五是"龙德中正，太极之象"。金箍棒就是龙，就是太极。每个活着的人的松果腺里，都有一个转动的太极。太极是人的神的象，金箍棒是神用的工具。这个太极像时间一样，一分一秒都不停，它无生无死。肉身没有了，它也就消失了。如果你利用肉身把它修出来了，它就可以作为一种光能量永恒存在。

孙悟空得了金箍棒以后，还要披挂。他说："走三家不如坐一家"，这讲的就是三家是一家，精、气、神合一，即是先天一气。龙王命人撞钟擂鼓，把西海、南海、北海这三个海的龙王召来。三海龙王"须臾来到"，讲的是元神感而遂通。没有距离，一个感应、一念就到了，就知道了，就来到了，讲的是元神一念即到，不是人一念即到，龙王是元神的比喻。我们看《西游记》，看着看着就糊涂了，以为演的是人的事情，其实是人在表演神的事情。这一点要牢记清楚，不然的话就看错了。北海龙王说："我这里有一双藕丝步云履哩。"藕长在水里，水指玄武，方位在北。西海龙王带了一副锁子黄金

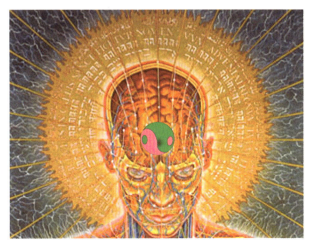

大脑中的太极

甲，锁子是金属，金指白虎，方位在西。南海龙王拿了一副凤翅紫金冠，这比喻紫金丹，形容先天一气养出来的法身。凤翅冠，明于火，火指朱雀，方位在南。东海龙王加上西海、南海、北海龙王共四个。四海龙王其实讲的是四象，和合四象。加上孙悟空这个先天一气，孙悟空在中间，他们在四周，是和合四象，攒簇五行。要了金箍棒，还要披挂，是说你只元精发动了还不行，还要和合四象，攒簇五行，把后天整个转化为先天，那才可以。五气朝元法身就，五脏的金气、木气、火气、水气、土气，是五种颜色的光，五脏神是五个灵性的动物和五个小人儿，见到这些之后才能见到元神。五色光捧着一个月亮，这是元神的法象。《悟真篇》里的诗："四象会时玄体就，五行全处紫金明。脱胎入口身通圣，无限龙神尽失惊。"

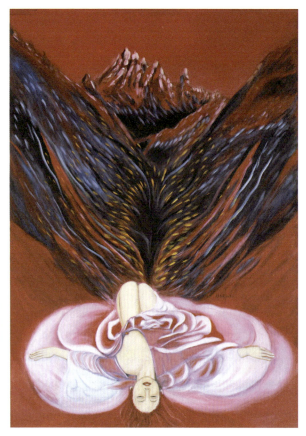

《道冲》（油画，作者：韩金英）

写的就是这个。《西游记》讲四海龙王都来朝贺，"五行全处紫金明"，你五行全，紫色的光才出来；"四象会时玄体就"，"玄体"指的是龙、元神。四象没有和合的时候，龙显现不出来。

孙悟空把金箍棒也拿到手，披挂也穿戴上了，就离开了龙宫。原文这样写的："忽然见悟空跳出波外，身上更无一点水湿，金灿灿的，走上桥来。唬得众猴一齐跪下……"他从水里出来身上一滴水都没有。为什么不湿，而且放着万道金光？先天一气是原始祖气，令万物生，是无限的生机，所以它是金色的光。"跳出波外，身上更无一点水湿"，水指的是性能量、肾水。没有一点水湿，讲的就是水里藏着金，那种电感。把金从水里分离出来，叫"金水分形"。把人体黄金从水里分离出来，一点都没沾水，讲的是面对高能量能空静、无为、不动心，后天的东西一点都不带。假如你动了一个念头，就叫"水湿"，就沾了水了，也叫浊精。"金光灿灿"就是这水中金、先天一气，最后它的能量聚集起来，是一个金灿灿的金光球。

孙悟空穿着漂亮的披挂，在猴孙们面前表演。他手一指就"上抵三十三天，下至十八层地狱，把些虎豹狼虫，满山群怪，七十二洞妖王，都唬得磕头礼拜，战兢兢魄散魂飞。霎时收了法象，将宝贝还变做个绣花针儿，藏在耳内，复归洞府。慌得那各洞妖王，都来参贺"。这说的是开了玄关以后，先天一气从头到脚，从百会到脚底涌泉。人的肾在腰部，肾的根在脚底涌泉。大周天通了以后，肾气一动，涌泉穴就打通了，脚底就嘣嘣地跳，或者脚底下就烧火。从泥丸到涌泉，这是人体左侧这条阳升的线。所谓"三十三天"讲的就是百会，"十八层地狱"讲的就是涌泉。各洞妖王都来参贺，讲的是各处的阴气都被降服了。

六、放下心就了账

小说的后一部分是销死簿。"他放下心，日逐腾云驾雾，遨游四海，行乐千山。施武艺，遍访英豪；弄神通，广交贤友。""放下心"，讲的是他已经上天入地无碍了，他的神已经可以上天入地、神通广大了。元精发动，得先天一气，养金丹、养不灭的元神法身，最重要的就是要放下人心。如果你不放下的话，那就处处是阻碍。昨天有人说看了录像，天目穴里出现了一个太极在转，想仔细看，看不见了。人体的先天世界，不能动人心，一定是空静自然的心，是本心，是元神。如果一动人心，先天的东西马上就消失了。放下人心我举一个例子啊：听说某一个修行比较高的人，有很多人去机场迎接他，还包括有地位的人。他下了飞机，小便憋不住了，他随地就撒尿，然后还若无其事地走过去跟那些人握手。后天意识会觉得他没礼貌，不文明，没规矩。从他来说，他自己是一个无心的状态，根本就没意识，什么环境，什么人物，应该怎么样，他根本就一点心都没动，憋尿就撒尿，就这么简单。我讲这个例子，就是让人把人心放下，把人的计较得失啊、人的判断啊，把后天意识心统统放下。元精发动了，元神就开始长成了，元神比后天意识聪明一万倍。元神会把你所有的事情做得非常出色。你的心不要嘀咕，不用焦虑，什么都不用想，只是一天天地顺着自然过日子。放下人心是最重要的，后天意识心是识神，识神的体是鬼魄。鬼魄、识神和意识心它们三个是一个部队的，它们是"生生死死之缘因，轮回之根蒂"。人历劫轮回，是因为有后天意识心，人心背后藏着识神、鬼魄、阴性的念头。如果执心、心放不下的话，万劫轮回在所难免。

视频 3-5　http://www.tudou.com/programs/view/hwNNL29mYwE/

学佛的人心性修得比较好，但他们有另外的问题。他们参禅是用人的意识在做，识神就变得强大，人的柔软的内心、柔软的元神反而变得弱。思想僵硬的人，听课变化就慢。另外一种，功力挺高的了，但是有为地做出来的，不是自然发生的，自然达到的才是元神无为自化的，才是最高的。如果能够放下心，顺其自然，这时再出的境界才是真的。不得道的人，死是死，活着也是死，因为他在不断地消耗，不断地走向死，他总在生生死死里头轮回。得了先天一气的人，他生固然是生，他永远生机无限；他死也是生，他的死是进入永恒，他已经把生死变为一个东西，所以长生。

孙悟空是道心，不是人心。孙悟空做梦，梦见黑白无常来勾魂，说他寿命到了，要把他的魂拿走。勾死人讲的是人心，道心是天堂，是永生，是极乐。人心是地狱，人心这个地狱里的无常鬼来勾他，讲的是人心就是地狱，人心就是个勾死人，勾死人比喻人心。道心是一心，人心是二心，颠来倒去。孙悟空在梦中突然醒悟，这是讲在梦中也不能昏，要灵明自知，要很警醒。不是一到梦里就糊涂了，就可以胡作非为了。

《虚其心》（油画，作者：韩金英）

《自然之子》（油画，作者：韩金英）

"美猴王顿然醒悟道：'幽冥界乃阎王所居，何为到此？'那两人道：'你今阳寿该终，我两人领批，勾你来也。'猴王听说，道：'我老孙超出三界外，不在五行中，已不伏他管辖，怎么朦胧，又来勾我？'那两个勾死人，只管拉拉扯扯，定要拖他进去。这猴王恼起性来，耳朵中掣出宝贝，幌一幌，碗来粗细；略举手，把两个勾死人打为肉酱。"这讲的是得了先天一气这个长生能量，就绝了死地。精气不再顺行往下流，而是无漏通，叫"绝死地"。总是一心状态，简单地一心一意地活着，这个活法叫"绝死地"。绝了死地，就"死者反生而勾死者反死"，孙悟空该死了，无常鬼来勾他了，结果孙悟空没死，永远不死了，生死簿上除名了，勾死人的两个勾死鬼却死了。

得了丹就绝了死地。《悟真篇》说："一粒金丹吞入腹，始知我命不由天。""三百四十二岁，善终"，"三"就是木，"百"就是一百，就是"一"，一就是水，"四"就是金，"十"就是两个五，五就是土，二就是火，这讲的是五行攒簇。孙悟空三百四十二岁，他是个什么呢？就是《易经》乾卦的九五"大人刚健中正之象"，九五至尊，龙德中正，孙悟空的命是这样一个命，是一种最了不起的人。

"与天地合其德，与日月合其明，与四时合其序，与鬼神合其吉凶。先天而天弗违，后天而奉天时。天且弗违，而况于人乎？况于鬼神乎？"得了先天一气的人，与天地合其德，与日月合其明。天地的德就是德一元气，天地的德性是春生、夏长、秋收、冬藏，生万物而不为己有。得了先天一气的人，就变成一个天地的先天一气的载体，就是"与天地合其德"。他走到哪儿都带着高能量，别人一接触他就有很大的变化。

"先天而天弗违，后天而奉天时"，先天一气是人生命中先天里的先天，天地跟它是一体的，老天都不敢对抗它，老天都不敢说，天神都不敢惹。先天一气是天地之根的能量，是大于天地的，天都得顺着它。"后天而奉天时"，他是一个后天的人，但做事情天衣无缝。"奉天时"指他做事情恰如其分、恰到好处。天比人大，比鬼神大。天都没有办法，何况于人、何况于鬼神呢？也就是说，九五至尊、刚健中正的孙悟空，这个先天一气、元神的化身，是非常厉害的，比天地还厉害。天地都是先天一气生出来的，你人世间的任何有形有象的事情，对孙悟空来说，简直太不在话下了。这说的是元神修成了，就会获得非常了不起的高能量、高智慧。当飞龙在天的时候，很高的智慧和能量就会发挥威力。

孙悟空找到阎王，说，你怎么回事啊？我都跳出三界外了，你怎么还派人来勾我？阎王说，啊，不对不对，可能是勾错了。孙悟空就自己找，找到了他那一类了以后，把猴类全部都一笔勾销。他说："了账！了账！今番不服你管了！"一路棒，打出幽冥界。你能够放下心，就是了账，二心就是不了账。活在当下，一心一意地活着，快乐、好玩儿地活着，就是放下心。心放下了还不行，还要开玄关，把长生体给养出来。猴王打出城中去，忽然一个草疙瘩把他绊个跟头，就把他撞醒了，醒来一看，是南柯一梦。下海去取金箍棒，是人的身体去的。

到幽冥去销死户是做梦，是神去的。这讲的是，元精发动后，这个能量上来化成神，神就可以自由地出入了，神通三界，去幽冥府，自由出入。能量上来，最终的目的是把神养大。玄妙的神通，一念就可以到了，就可以在天堂地狱自由行走。作者把金箍棒和销死簿放在一回里写，讲的是得了水中金、先天一气的后果，后果就是神通。肉身的能量是为虚无的神服务的。修道修的是什么？是虚无的元神、虚无的龙。

　　本来人人都可以销生死簿，都可以不死，但是自暴自弃的人太多了，甘心为地狱之鬼的人太多了。很多人根本就不去关注长生之道，好像那个东西是不可能的，是跟自己没关系的，真让人感叹。第三回得金箍棒和销生死簿就讲这么多。

《西游记金丹揭秘》
主讲：韩金英

第四回

官封弼马心何足
名注齐天意未宁

大家好！今天我们讲《西游记金丹揭秘》第四讲——温养灵丹。

视频 4-1　http://www.tudou.com/programs/view/c6lkBtGJQRY/

上回讲得金箍棒是得丹，这回讲得丹后的养丹。

一、题解

第四回的题目是《官封弼马心何足　名注齐天意未宁》，讲的是弼马温在天上给玉帝养马，后来自己竖起"齐天大圣"的旗。"弼马温"和"齐天大圣"是《西游记》里大家熟悉的名词。但是，它的意思多数人是不明白的。"心何足"，好像是嫌官职小，心理不平衡、不知足；封了他一个最大的"齐天大圣"这个极品的大官，他还"意未宁"，好像也不觉得怎么样。"意未宁"，人们一看"心"和"意"两个字，也许会想到后天意识心，人心不知足，会往这儿想。但是《西游记》所讲的"弼马温"和"齐天大圣"并不是我们理解的后天意识的"心"、"意"。那他到底讲的是什么呢？我们往后看。首先我们从总体上概括地讲，然后再根据小说的情节过程仔细地分析。

二、九窍

第四回讲的是孙悟空上天。在第三回的结尾，龙王和阎王把孙悟空告到天庭，说他拿走了定海神针，销了生死簿，要天帝惩罚孙悟空。这时，太白金星有一段话说："上圣三界中，凡有九窍者，皆可修仙。奈此猴乃天地育成之体，日月孕就之身，他也顶天履地，服露餐霞；今既修成仙道，有降龙伏虎之能，与人何以异哉？臣启陛下，可念生化之慈恩，降一道招安圣旨，把他宣来上界，授他一个大小官职，与他籍名在箓，拘束此间；若受天命，后再升赏；若违天

孙悟空出世
西游记金丹揭秘

命，就此擒拿。一则不动众劳师，二则收仙有道也。"这是第三回的结尾太白金星的一段话，这里头有很重要的含义。

"凡有九窍者，皆可修仙"，这个"仙"字，是一个"亻"，一个"山"，就是人和自然合一。"亻"代表的就是人，"山"代表的就是自然，人和自然合一就是仙。也就是说，仙是人，是有了高能量的人，对仙的概念要清楚。我们一般人理解的仙，是死了以后的事，不对。仙是有高能量的人，高能量指的是先天一气。元精发动，头盖骨烧开，叫"天门打开"。看这张头盖骨的图。这是一个修成的人的头盖骨，他的头盖骨有三条沟，上边有很多的小洞、小坑。一般小孩的时候有囟门，成人时已经长严了。如果成年后再把天门打开，直接吸收先天一气，拥有直接吸收宇宙元气的能力，就会成为一个高能量的人。也就是说，得了先天一气的人就可以成仙，天门打开，就能成为一个高能量的人，仙就

一个修行成功者的头盖骨

《胎息》（局部油画，作者：韩金英）

101

是有高能量的人。

　　天门也叫天玄关。天门，有为法练功的，练几十年也打不开。在人体的精、气、神中，精、气的修练人还可以参与，而神的修练是纯自然的，人无法插手。凡是人为的在神的层面练什么，非残即伤。神就是自然，绝对排斥不自然的东西。无为、自然，先天元精启动，化成元气，打通中脉，头盖骨就能烧开，这用有为法就很困难，比登天还难。但开了玄关的人，身上有高能量、先天一气，和别人聊聊天，说说话，别人的头盖骨就烧开了，就非常简单。我第一次遇到一个修行了快 30 年的人，他的头盖骨就是打不开。我们见面说了话之后，当天晚上他的头盖骨就进开了。第二天一摸头，到处是坑儿。后来这样的事情发生了无数次。一位听过金丹课的人因重病去世了，火化时他的头盖骨和这张照

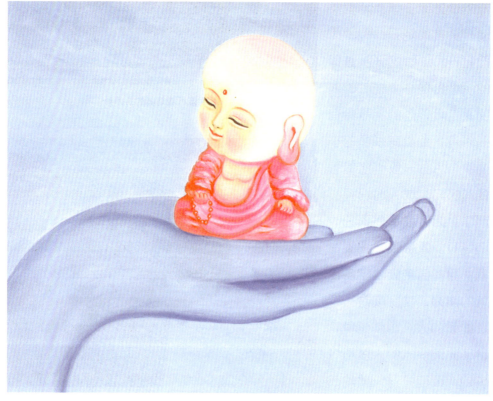

《长生之子》（油画，作者：韩金英）

孙悟空出世

西游记金丹揭秘

片上大成就者的头盖骨一样，说明无为法门是很成功的，头盖骨三沟九洞就是成功的验证。

太白金星说孙悟空的话——"天地育成之体，日月孕就之身"，"顶天履地，服露餐霞"，其实说的是法身这个"长生之子"，就是左边这张图上的这个小人儿。"与人何以异哉"，说先天一气虽然是虚无的，但它具有和一个真人一样的色、受、想、行、识，人所有的东西都具备。太白金星说他"与人何以异哉"，说他不和一个人是一样的吗？讲的就是法身。法身是"天地育成之体"、"日月孕就之身"，先天一气——"道是虚无生一气"，道是它的本体，日月的精华养出来能量，是个能量身。光蕴身，长生之子就是法身，孙悟空上天其实讲的是法身的升华。

三、孙悟空上天

上一次讲的是还丹，孙悟空得了金箍棒。铁板桥下通龙宫，一个时辰回到花果山，讲的是一个时辰结丹。结了丹就返本还元，还原到投胎那口元气上了。那口元气从山根祖窍落入人的肚脐后，元精发动时，元气又把它冲到头部了。孙悟空上天，指的就是先天一气在人体的运行，相当于自下界而上天宫。这个能量从下丹田冲上来，人的肉身毕竟是带阴气的，要把阴气化掉。怎么化呢？就是要放下心。一心是元神，元神带着先天一气，带着天地的元气，转化一身的阴气，把结的丹养成一个纯阳体。精化气、气化神，一些粗糙的阴渣要逐渐地过滤、提纯，比较粗糙的精化成相对细致的气，然后再化成最精微的光，这个光和宇宙之光是一体的。

当光修出来的时候，乾卦、纯阳体指的就是养这个丹。第一步在下丹田和中丹田结丹，然后，能量自动上升，在上丹田养丹，孙悟空上天宫指的就是这个。起初，能量在腹部以下开阖。后来，从会阴到百会，上下开阖，中脉就被打通了。能量自动升到头部，叫"移炉换鼎"。能量升上来，就把头盖骨烧开了，三沟九洞就出来了，天地的元气就直接地进入到人体，这时经常感觉

《黄庭圣婴》（油画，作者：韩金英）

能量在头部开阔，整个过程是完全自然的。三沟九洞出来，为高能量的进入做了物质准备。

视频 4-2 http://www.tudou.com/programs/view/wT39eKRzTR0/

能量是自动上来的。看这幅《黄庭圣婴》，是我2008年画的。那个时候我并不懂，只是开了玄关，感觉有能量在这儿，永远不停地动。2010年，《内在小孩解道德经》写完了以后，这些历代祖师成道过程的描述，陆续地在我身体里出现了。看《乾宫哺育》这张画，"乾"指大脑。2010年底，我看到天目穴有个转动的小金龙，又变成一个小金人。先天的东西元神懂，元神就是带高能量的。我画的时候还不懂，过几年就成真的了。

先天的东西都是能量性的，虽然是个虚象，但至虚而至实。先天一气这个能量，元神懂了，能量就被养育了，意识心到后来才逐渐地理解，承认它是真的。其实不管你意识心懂不懂，只要开了玄关，先天一气已经在成长了。结了丹以后，投胎那口先天元气重新接上了，就开玄关了，一得永得，天地元气能量永远在身体上开阔。

丹结后最怕漏丹，怕能量泄露出去。有为法要这样那样地防漏，无为法完全没有这些麻烦。人体转阳的一个标志是阴阳混一，我们人左边是阳，右边是阴，左边是太极白的阳升，右边是阴，是太极黑。一开一阖经过一段时间，一年半载的，把一个阴阳体变成阴阳合一体，变成纯阳体，身上的阴气都转化完了，转化完了是中性的状态。小孩是中性的，他的精很足，但没有欲望。一个成年人，开玄关一年左右时，对性事好像已经忘了，跟一个小孩儿一样，整天无知无欲，根本不想那个事了。开了玄关，精化气化完、化好的标志就是中性人。小孩儿和圣人的身体都是中性的。中性人自然不漏精，精气化掉了，思想上断了根了。所以说，不漏精气是因为化完了才会不漏，不是精化得不充分，用什么方法堵，是自然而然地不漏。

　　能量从下丹田到上丹田，在丹经上叫"移炉换鼎"。有为法就说要意想上丹田，意守百会，要把这个能量给提上来，还有什么攥着拳头、屏着气、伸直了腿，把那个能量送到大脑。有为做的，有人心的参与，就是后天之假。无为自然达到的，是先天之真。各种各样人为操作的，或许也出现了神通，但是顶多就是个小仙儿，不能长生，跟孙悟空得先天一气自动做的没法儿比，自动做的是不灭真身，是永恒不灭的金身。人为做的，肉身不在了，神通法术就消失了。真假有天壤之别，可惜了解真假的人太少。不到那个境界，根本辨不出真假。

　　"移炉换鼎"，用无为法上来是自然的，自然地就到大

《乾宫哺育》（油画，作者：韩金英）

天目

脑这个部位了。天就是乾卦，就是大脑，乾卦就是纯阳。孙悟空上天去养马，天上的马，天马是龙。天上养马的御马监，实际上是御龙监。御龙比喻养丹，丹经上叫"三年哺育"。结丹后，把丹养成一个纯阳体，就要放下人心。在一心一意的元神状态，丹就会逐渐养成纯阳。元神自动地抱天地的元气，经过三年，把丹能量养成纯阳体。老子说："天门开阖，能无雌乎？""雌"是阴，"无雌"就是纯阳，纯阳之后就会天门脱胎。孙悟空上天宫养马，实际上是养阳，把丹能量养成纯阳体。

四、天宫即大脑

孙悟空到了上界，是丹能量到了大脑。为什么天宫就是大脑，我们一点点分析。太白金星和孙悟空一起驾云，来到南天门，到了天宫。孙悟空比金星的速度快很多，金就是金、木、水、火、土五行之一，孙悟空是金、木、水、火、土五行之合。五行合一是元神，元神能量再提升是圣神、大罗金仙、佛。孙悟空的级别比神仙高很多。他进天宫，守门的挡住天门不肯放进，说明天神都不认识他。这些天神根本不知道先天一气是什么。

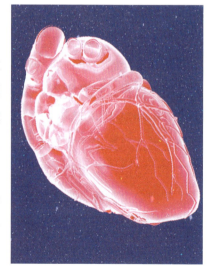

内视心脏

视频 4-3 http://www. tudou.com/programs/view/ WqFpkrmEw4w/

上天宫，天宫在哪？在大脑。天目穴这个地方，头盖骨烧开了，裂缝顺着下来，有一个月牙一样的骨缝，古人叫天眼。天眼很容易开，听《金丹》课的人里头，身体好的一周时间或者一个月的时间，就在发

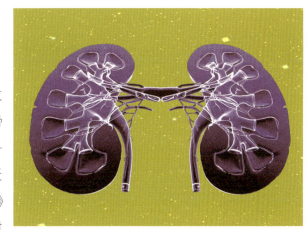

内视肾脏

根到两眉中间，出现一个很宽很深的裂缝，这是元精发动后，头盖骨烧开了，延伸下来的。老子说："万物负阴抱阳"，在这个物质世界中，还有个虚象世界，物质世界本身又存在着一个虚象世界。虚象世界和物质世界是一体的，是同时存在的，两者相辅相成，天目开了才能看见。物质世界同样存在这一个虚象世界，它们存在于同一个空间，不是两个空间。"两重天地，道通为一"，一个实体世界，一个虚体世界。虚象世界是心灵的整体空间，实体世界只是其中一小部分的显现。如五十岁的人，天眼看到的是他的几千年的信息。人的本性世界是一个很大的空间，大脑像一个储存器，记载着我们一灵真性的多劫的历史。

《西游记》描述天宫："初登上界，乍入天堂。金光万道滚红霓，瑞气千条喷紫雾。只见那南天门，碧沉沉，琉璃造就；明幌幌，宝玉妆成。"天宫是个琉璃世界。"金光"指人的精、气、神凝聚，先是白色的光，后来变成金色的光。金光也叫舍利光，是人精气神的精华的最高状态。内视骨头是金色的，五脏六腑是透明的琉璃。"初登上界"指能量上来了，到了上丹田、大脑。"两边摆数十员镇天元帅，一员员顶梁靠柱，持铣拥旄；四下列十数个金甲神人，一个个执戟悬鞭，持刀仗剑。""靠柱"，是天体的能量通过三沟九洞，从上往下灌，九洞对应九星，星体能量进入人体，命门之火的先天能量往上，一上

《泥丸夫人》（油画，作者：韩金英）

一下，在天目穴中形成光柱。"里壁厢有几根大柱，柱上缠绕着金鳞耀日赤须龙"，"龙"是阳神。"又有几座长桥，桥上盘旋着彩羽凌空丹顶凤"，"凤"是阴神。"明霞幌幌映天光，碧雾濛濛遮斗口"，"斗"指北斗星的斗柄。人的大脑储存着整个天宫，命门上边有一个银河穴，元精发动把这个穴打开，闭着眼能看到天上的星星，像河图、洛书上黑色、白色的"围棋棋子"一样，有各种各样的星星图案，这讲的是"映天光"。老子说："不出户，知天下"，懂星象学的人都能知道里面的玄机。

"这天上有三十三座天宫，乃遣云宫、毗沙宫、五明宫、太阳宫、化乐宫……一宫宫脊吞金稳兽；又有七十二重宝殿，乃朝会殿、凌虚殿、宝光殿、天王殿、灵官殿……寿星台上，有千千年不卸的名花"。这个"名花"指的就是金莲。看我的《泥丸夫人》这张画。"金"是永恒不坏，"莲"指本性，人的本性是永恒不坏的能量，是一朵永远开着的金莲。"炼药炉边，有万万载常青的瑞草"，这是说先天一气、金丹大药万万年常青。"万圣朝王参玉帝"，有个参拜玉帝的宫殿，"玉帝"指玉鼎，玉鼎是松果腺，大脑的核心区。在腹部的叫"金炉"。真阳之火点燃了千年不息的丹炉，能产人体黄金，所以叫"金炉"。真火上来后化成甘露水，整个大脑是清凉的白玉的气息，叫"玉鼎"。玉帝实际上讲的是玉鼎，是松果腺。

天宫的环境："复道回廊，处处玲珑剔透；三檐四簇，层层龙凤翱翔。上面有个紫巍巍，明幌幌，圆丢丢，亮灼灼，大金葫芦顶；下面有天妃悬掌扇，玉女捧仙巾。"天宫的样子和永乐宫的壁画《朝元图》一样。永乐宫壁画有西王母、东王公、八卦神、风雨雷电自然神、二十八星宿神，一共有三百多位，这和《西游记》里头讲的天宫景象，神仙聚在一起这么一个巨大的场面是一样的。"正中间，琉璃盘内，放许多重重迭迭太乙丹"，"太乙"就是先天一气，"太乙丹"就是先天一气凝聚成的丹。"琉璃盘"指大脑核心，古人叫泥丸，现在叫松果腺。看我的《观噭》这张画，五色莲花上长了一个金丹，金丹里头有一个小人。"玛瑙瓶中，插几枝弯弯曲曲珊瑚树。正是天宫异物般般有，世上如他件件无。金阙银銮并紫府，琪花瑶草暨琼葩。朝王玉兔坛边过，参圣金乌着底飞"，"金乌"和"玉兔"就是真阴、真阳。真阴真阳来到头顶，在大脑汇合。

东王公、西王母这些神像代表的是能量。北斗七星对应心脏的七个窍，上智之人，七窍都是开的，中智之人开了一半，下智之人一个窍也没开。七窍玲珑心

《观噭》（油画，作者：韩金英）

109

《检阅》（油画，作者：韩金英）

打开了，心光就会发出来。内视到东王公，表示过了一个关，到了一个能量级别；看到西王母（西王母是元神的总根），经过西王母的"检阅"，就到了上三界的天仙级别。天是自然的意思，天仙就是获得自然能量的人，自然得、天得，没有一丝一毫的人为做作，叫天仙，只有天仙以上级别的才可以寿齐天地。

五、弼马温

视频 4-4　http://www.tudou.com/programs/view/b2rj2l5YErE/

　　孙悟空去上任，天神挡道，太白金星就哄他。哄他，他也不想去了，他不愿意受天规的限制。玉帝问哪个是妖仙。他说，老孙便是。玉帝不知道孙悟空是先天一气，不知道先天一气有多高、多妙。这是天生的圣人，是最高的。玉

西游记金丹揭秘

孙悟空出世

110

帝把最高级的说成妖，是真假不分，正邪不分。那些天神、臣子大惊失色，说，该死的，该死的，你这个孙悟空简直是太大逆不道了。第一，说明天神的地位并不高，和孙悟空没法比。玉皇大帝是天帝，是阴阳的主宰，可孙悟空根本不拿他当回事，那些臣子却恭敬得五体投地。这两种态度，表明他们的地位不同，孙悟空要高很多。孙悟空是先天一气的化身，天地还是先天一气生的呢，他怎么能在乎玉帝呢。孙悟空是跳出三界外的，是遨游宇宙的最高级的宇宙生命；玉帝是管人间的，代表的还是人心，是后天里的先天，孙悟空是先天里的先天。

玉帝在中三界，孙悟空在上三界。在修身来说，玉帝就是玉鼎，就是松果腺。能量上来，玉鼎形成，放出白玉般的光来。玉鼎长在人的大脑上，身体是后天的，有了玉鼎，是后天里出现了先天能量。

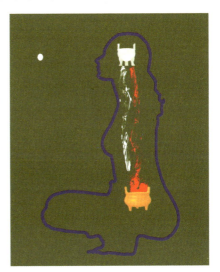

金炉玉鼎

《西游记》原名叫《西游释厄传》，孙悟空一直护持着唐僧，战胜了无数的艰难困苦。孙悟空能化解一切困难，叫"御劫运之大圣"，怎么能够让他去御马呢？他可以干很大的事情，可以干救天下的事情，他有很大的本事，怎能就让他干一个小小的马官呢？"玉帝又差木德星官送他，去御马监到任"，木就是肝，肝藏魂，这是第一次。后来他知道这个官太小了，就生气走了。第二回，玉帝同意给他封齐天大圣，他再次上天的时候，是金、木、水、火、土，五星神送他去上任。第一次上天是木魂，第二次五气朝元是元神。木德星官送他去御马监到任，御马就是御龙，龙是元神。五星神送他到齐天大圣府，元神已经提升为圣神。

"弼马昼夜不睡，滋养马匹。日间舞弄犹可，夜间看管殷勤：但见马睡的，赶起来吃草；走的捉将来靠槽。那些天马见了他，泯耳攒蹄，都养得肉肥膘满。不觉的半月有余。""昼夜不睡"，指开了玄关，先天一气像时间一样，昼夜

出胎图

一秒不停，一得永得。天地的能量永远在负阴抱阳，永远在阴阳旋转。《易经》乾卦的卦辞说："天行健"，"君子终日乾乾"，先天一气永远在身体上开阖。上丹田养丹，大周天已通，一切都是全自动的。

"不觉的半月有余"，半月是十五天，十五是月圆，阳气最足的时候，这讲的是火候。阳气最足的时候，就养成了纯阳。圣胎的胎气足了，它就一定要出来，要天门脱胎。孙悟空听说弼马温是个最小的官，一下"把公案推倒，耳中取出宝贝幌一幌，碗来粗细，一路解数，直打出御马监，径至南天门。众天丁知他受了仙箓，乃是个弼马温，不敢阻挡，让他打出天门去了。"表面上是他嫌官小不干了，实际上是胎气足了，必须出来，不出来能量太强大了，人体受不了。出来后，它就作为一个能量通道，给人体传输更高级的纯阳之气。

先天一气的运作，一步一步都是自然发生的，自然上来，又自然出去了。孙悟空不干了，是自然的安排。孙悟空是元神、金丹，金丹大道"先天而天弗违"，连天都要顺着他。"得其真者，包罗天地，与太虚同体，天且在包罗之中，何能受执于天"。弼马温这么一个小官，怎么能让他充分发挥呢？天门脱胎是修道的开始，不是结束，不要"以大道起脚之地，为神仙歇脚之乡"。脱胎出来了，才是真正修道的开始，万里长征才刚刚开始。孙悟空说："不做他！不做他！"把公案推倒，他这个走，是道德能量、丹的火候足了，必须得出来了，是百尺竿头更进一步。他并不是不干了，而是他进入一个更高的境界去了，不是退步，是更大的一个进步。所以读《西游记》的时候，一定要知道它的真意，不要用世俗的人的价值观去判断和理解。

六、齐天大圣

视频 4-5 http://www.tudou.com/programs/view/Tz212cOzvjY/

圣人与天齐体，就是道，圣人是与道合一的。孙大圣，与天齐名，如《易经》所说："与天地合其德，与日月合其明，与鬼神合其吉凶。"五行合一，还于太极，形成金丹，可以"御劫运于无穷"，能够征服一切困难，可以"出乾坤于不约"，乾坤、阴阳已经约束不了，他已经跳出三界外，不在五行中了。

孙悟空冲出南天门，回到花果山。众猴道："大王，你在天上，不觉时辰。天上一日，就是下界一年哩。"孙悟空说我就待了半个月，怎么就那么长时间了？这讲的是元神是一个多劫的灵性生命体。一个鬼王来朝贺，送了一件黄袍，猴王很高兴，就穿起来。他把这个鬼王封为"前部总督先锋"，封了他一个官。他还在门口立了个旗子，旗子上写"齐天大圣"。这是什么意思？就是《悟真篇》说的："一粒金丹吞入腹，始知我命不由天。""齐天"是寿齐天地，天地、乾坤左右不了。圣人"观天之道，执天之行，运化阴阳，神明合德，万化生身，与天为伍"。天地的循环就是先天一气的循环，金丹的变化也是先天一气的变化。天地无所不包，金丹无所不有。得了先天一气的人，"先天而天弗违"，天都要顺着它，何况人，何况鬼神，孙悟空当然不服鬼神的管。

孙悟空从南天门出来了。玉帝派了托塔李天王和哪吒太子来捉妖。孙悟空说，玉帝要是同意封他为齐天大圣，"我就不动刀兵，自然的天地清泰；如若不依，就打上灵霄宝殿，叫他龙床定坐不成！"他说把玉帝的龙床掀了，你看他就这个态度。然后他就跟巨灵神打，打的时候就有一句诗："天将神通就有道，猴王变化实无涯。"先天一气是无穷无尽的，巨灵神这个天将，他是一招一式练出来的，是有限的，几招使完就没有了，而孙悟空是无限的。这一比较起来就知道先天一气、无为自化的尊贵了。"大圣轻轻轮铁棒，着头一下满身

113

《人体黄金》（油画，作者：韩金英）

麻"，金箍棒是先天一气的用，我们这几讲总在说先天一气，所以我一坐到电脑前就电得满身麻。那几位听着录音整理文字的，也是全身都在扎电针。先天一气就是电感，万窍扎针一样的电感，就像孙悟空的金箍棒"着头一下满身麻"。《人体黄金》这张画被我们做了《西游记金丹揭秘》的片头，孙悟空一棒下来，八卦的笼子一圈一圈地放电。这是我小孩做的，她太聪明了，她做得特别对，就是浑身的电刷刷刷地下来了，浑身电得发麻。这是祖师在借着孙悟空点化我们。

接着哪吒跟孙悟空打，哪吒变出三头六臂，孙悟空就变成三个孙悟空，拿了三个金箍棒。正在混战之时，孙悟空拔下一根毫毛，"变做他的本相，手挺着棒，演着哪吒；他的真身，却一纵，赶至哪吒脑后，着左膊上一棒打来。哪吒正使法间，听得棒头风响，急躲闪时，不能措手，被他着了一下；负痛逃走，收了法"，孙悟空有身外身，识先天一气之妙，比哪吒的神通高出一大块。孙悟空万化生身，想化什么就能化出来，是无限的化、无限的变，这就是先天一气，而那些神仙们是有为的一招一术的练。孙悟空的法是无穷无尽的，是自己产出来的。先天一气的法力比天神要高很多，天神根本就收服不了他。

哪吒败走后，孙悟空就庆功，与他那些拜把子兄弟——什么牛魔王、弥猴王……一共六个，加上他是七兄弟——在一起庆功。孙悟空说："小弟既称齐

孙悟空出世

西游记金丹揭秘

天大圣，你们亦可以大圣称之。"牛魔王说："贤弟言之有理，我即称作个平天大圣。"此时，"七大圣自作自为，自称自号，耍乐一日，各散讫。"孙悟空自称大圣，他本来就是大圣，齐天大圣是名副其实的，而牛魔王自称圣，就名不副实。牛魔王是个魔，根本不是圣，他称圣就是自傲，就是吹牛。小说安排六魔称圣就是几个魔王兄弟自称圣人的情节，是讲以假为真。掌管阴阳的天帝，以大圣为魔，是认真为假，都是真假不分。

玉帝不得已封孙悟空为齐天大圣，好像是个极品官，孙悟空也只是哼了一声。在孙悟空的价值观里，根本就没有什么高低，封他一个"齐天大圣"，他也觉得很平常。这就是元神的思维，元神是一颗平常心。

玉帝说："今宣你做个齐天大圣，官品极矣，但切不可胡为。"太白金星劝玉帝："名是齐天大圣，只不与他事管，不与他俸禄，且养在天壤之间，收他的邪心，使不生狂妄，庶乾坤安靖，海宇得清宁也。"这个建议里头有人心的狡诈。这些神仙还没脱离俗人的心，和孙悟空的平常心、无心、不动心，是一个鲜明的对比。"养在天壤之间"，讲的是上丹田。玉帝命张、鲁二班，"在蟠桃园右首，起一座齐天大圣府，府内设个二司：一名安静司，一名宁神司。司俱有仙吏，左右扶持。又差五斗星君送悟空到任，外赐御酒二瓶，金花十朵，着他安心定志，再勿胡为"。"五斗星君"就是五个星神送他。在上丹田养丹的时候，神经常地出入，出去了又回来了，回来了又出去了。孙悟空两次上天，也是讲的上丹田养丹的特点。

《天门脱胎》（油画，作者：韩金英）

大家好！今天是大年三十。我在这里讲《西游记金丹揭秘》第五讲——三乘道果。

视频 5-1　　http://www.tudou.com/programs/view/zow9p5fb2oU/

一、题解

这回讲孙悟空大闹蟠桃会，偷了蟠桃又偷丹。蟠桃其实讲的就是法身，蟠桃有三种：三千年一熟的，六千年一熟的，九千年一熟的，这实际上讲的是三乘道果：地仙、神仙和天仙。第五回的题目是《乱蟠桃大圣偷丹　反天宫诸神捉怪》。"反天宫"，天是乾卦，纯阳能量。阳极必生阴，如何才能保这个阳？要顺中行逆，要让它在阴阳之间，使这个阳不失，总处于阴阳合一的状态，"反天宫"是这个意思。"诸神捉怪"，天神来降伏孙悟空，结果猴类的一个没有捉着，捉着的都是一些山精动物，是妖怪。圣和妖的区别是：如果能够顺中行逆就是圣，是大圣；如果只会顺行，就是怪，就是妖。第四讲"温养灵丹"，讲的是结丹以后在上丹田养丹。这个丹养足会怎么样，会有哪些经历，这一回讲的就是这些。

二、无心养丹

小说的开头是这样说的："话表齐天大圣到底是个妖猴，更不知官衔品从，也不较俸禄高低，但只注名便了。"说孙悟空好像挺傻的，什么也不懂，挺好蒙的。但是这正好是一种对比，对比了神仙和天仙的区别。神仙还没脱离人心，属于中乘，还是一个小我，满足个人的欲望、个人的需求，求财、求保佑，满

孙悟空出世

西游记金丹揭秘

118

足的是人心。而天仙级别的孙悟空，他已经去掉了人心，没那么复杂，没那么多心机，不知道什么官衔的高低、俸禄的多少，这些人心的东西孙悟空根本就没有兴趣。元神就是一种无知无欲的状态。

　　丹气这个能量到了上丹田，人的大脑自然就有一些变化。脑子不想事，特别不愿意想事，还总忘事，这就是元神状态，和孙悟空的心态差不多。"但只注名便了"，只给了一个齐天大圣的虚名，什么实实在在的好处也没有。元神的特点是，它就是一个信息，这一个信息包含着丰富的能量。这个能量、这个信息，可以无所不在、无所不生。它是空灵的，是虚的，但是虚中又生妙有，好像是一个虚名，好像是虚无的，这就是神丹的特点。它不是那样物质的，不执着于某一个局限的东西。它是虚的，它是至虚而至实的，是以一应万的。

　　元神只是一个信息就足够了，不用那么黏着，不用那么物质。它是一种玄妙的幻化，这种先天一气，比如说一个龙的形象，有的人看到一条龙，它就应在不同的事物上：在官可以是当官的好运，在商可以是一个财运，有什么样的需求，它就应什么，它可以虚中生妙有。所以它就是一个信息，这一个信息就够了。人的思想、意识、精神是有能量的，

《生命之树》（油画，作者：韩金英）

西王母胜会

西天佛老、菩萨、圣僧、罗汉，
南方南极观音，
东方崇恩圣帝、十洲三岛仙翁，
北方北极玄灵，
中央黄极黄角大仙，这个是五方五老。
还有**五斗**星君。

上八洞（**天**）	中八洞（**人**）	下八洞（**地**）
三清、四帝、	玉皇、九垒、海	幽冥教主、
太乙天仙	**岳神仙**	**注世地仙**

如果是一个元神修成的人，他就能够把一个信息化为一个能量，在他来说就是真事。

孙悟空"只知日食三餐，夜眠一榻，无事牵萦，自由自在"。他这种无知无欲的状态，这种心处事外的状态，就是元神状态。心无挂碍，心里什么都没有，"常无欲，以观其妙"，是一种不着心的状态，丹就是靠这种状态养的。如果在养丹的时候心事重重，还有很多纠结的情绪，还有很多解不开的疙瘩，就养不了丹。人心是躁火，躁火烧丹。神火炼丹，神火就是这种无知无欲的元神状态。丹是怎么养的呢？丹是靠你心闲才能养的。如果这个心特别地着忙，那就不仅养不了丹，还会把丹气给烧掉。

孙悟空"闲时节会友游宫，交朋结义。见三清，称个'老'字；逢四帝，道个'陛下'。与那九曜星、五方将、二十八宿、四大天王、十二元辰、五方五老、普天星相、河汉群神，俱以兄弟相待，彼此称呼。今日东游，明朝西荡，云来云去，行踪不定"。孙悟空无所事事，无知无欲，过着很单纯的吃饭、睡觉、玩儿这种无忧无虑的日子。他见的这些人，其实讲的是上丹田养丹的时候，天眼开了，天眼所看到的宇宙星河里的诸神。天眼看时实际上是和那个星的能量在沟通。修金丹时，天眼所看到的象，不是一个虚象，是一个验证，是你的神已经获得了哪一个级别、哪些数量的能量的验证，不是一般的看。

孙悟空是先天一气，在这里除了三清和四帝之外，其他的都是天上的星神，他对这些星神称兄道弟不是没有礼貌，本来他们就是平级的，也就是说，孙悟空这个先天一气和这些星神都是在天上的，都在一个空间里，他们是朋友，是邻居，是兄弟。看永乐宫壁画里的《朝元图》。右一是西王母，这回讲蟠桃胜会，重点讲西王母。西王母是个坤卦，她后面是八卦神、玉女。

《朝元图》永乐宫壁画，右一是西王母

　　有一天，玉帝上朝的时候，有个人来参奏，说孙悟空结交上天的众星宿，不论高低都称为朋友，恐怕他将来生事，不如给他一个事做。玉帝早朝，这是人间等级尊卑的折射，神仙这个级别对应的是人心。早朝这一套东西，几乎就是人间的照搬。玉帝是神仙世界的领袖，在他的大臣看来，孙悟空是没礼貌的，不论级别高低都称朋友、兄弟。这就是对比，孙悟空像孩子一样，大家都是朋友，就是好玩儿，而那些神仙的心思和人一样复杂，元神、识神的思维特点在这里对比很鲜明。玉帝把孙悟空招来说："朕见你身闲无事，与你件执事。你且权管那蟠桃园，早晚好生在意。"孙悟空很高兴。"权管"就是兼管，兼管蟠桃园。他本来在齐天大圣府，是个闲差，什么事情都没有。"齐天大圣"讲的是先天一气，本来就是虚无的，所以什么事情都没有，是一个无事的官儿。道是虚无生一气，先天一气是什么都不用做的，一切都会自动做的。他什么都不用做，玩儿就行了，这就是讲孙悟空这个差事，齐天大圣这个差事，整天玩儿就可以了，后来让他兼管蟠桃园。我们学无为法的人，得了先天一气，什么都不用做，只是玩着过日子。

三、三乘道果

视频 5-2　http://www.tudou.com/programs/view/ojOizmpPAG0/

蟠桃园，桃就是木，木对应的是肝，肝藏魂，魂的果实是什么？魂得到了先天一气的能量之后，它就提升，它就成为元神。魄提升，魂提升，魂魄得到了先天一气以后，它们提升了就是元神，就是法身。蟠桃园里长生不老的桃子，实际上指的是法身。

"早晚好生在意"，一天到晚留心在意，开了玄关养圣胎，先天一气一刻不停，永远在人体上开阖。你只要静下来，就能够感受到它。如果你不关注它，就是你的神和它没有抱一。所谓"神火炼丹"，讲的是自然空静的心，一静就感觉到动。没事的时候，自然空静，"抱元守一"，就是在炼丹。炼丹不是人做什么，是神自然感受能量，这就是"早晚好生在意"的含义。

新版电视剧《西游记》中，孙悟空在蟠桃园把大桃子都给摘下来了，趴在一个地方大吃，最大的桃子都被他吃掉了。"桃子"指的是法身、金丹。"时开时结千年熟，无夏无冬万载迟。"蟠桃是千年熟的，没有冬夏，也就是不生不灭，它是长生的，"千年熟"，指的是精、气、神的神。肉身活百年，里面的神是个千岁老灵。金丹、法身讲的就是肉身里头的主人，蟠桃也讲的是它。那蟠桃，"先熟的，酡颜醉脸；还生的，带着青皮。凝烟肌带绿，映日显丹姿"。"丹姿"直接点出来，蟠桃就是金丹。"映日显丹姿"，当我们借着太阳光的时候，能够看到一些灵光团，相机都能拍下来。这个丹姿，是要借着光才能显现的。元神本是一金丹，这个丹光，其实就是眼神的神光。通过照相机拍出来的灵光团，其实是我们眼神里的神光，借着太阳光你能够看到。它是你眼睛的瞳仁，眼睛里的亮点。那一点神光，在相机里体现出来就是一个白色的光团，像镂空的剪纸一样。当你看到这个光的时候，你会发现在镜头里有个非常亮、

孙悟空出世

西游记金丹揭秘

第五讲 三乘道果

非常强的光团，周围又有成百成千的光团，其实这就是丹气，你通过太阳光、灯光都能看到。我们的瞳仁上的亮点，是一种网状结构的光。

"树下奇葩并异开，四时不谢色齐齐"，花四季不谢，表示蟠桃是永生、长生的，它不是人间的俗花儿，花开花谢，它是永远开的，所以是长生之果，花也是长生金花。再接着形容说："左右楼台并馆舍，盈空常见罩云霓。""罩云霓"，霓就是光，云彩一样的白光，这讲的是丹光。上丹田养丹的时候，能量汇聚在大脑，经常

《五色神光》（油画，作者：韩金英）

能够看到光。我最早是看到画上放光，刚画了一个草稿，就开始放光。不仅我能看见，别人也能看见，一片一片的白光。后来是家里的被子放光，很粗很粗的光柱往外放射，一闪一闪的，一片一片的。我不舍得洗被罩，后来洗了还是放光，那被子永远在放光。有一次我想研究一下，这个光到底怎么回事呢？我往那儿一坐，眼睛的余光看到一片一片的光，我注意光从哪儿出来的，一凝神才发现，是从眼睛里出来的，我才知道，放光的不是被子，是我的眼睛。眼睛为什么放光呢？神光藏在眼睛背后，元神的能量足了，圣胎已经养好了，它要出来的时候，就有暗室生光这个象。丹光就是眼睛的神光，金丹能量养足了，要出胎之前，就有放光的象。"左右楼台并馆舍，盈空常见罩云霓"讲的就是丹光足了。圣婴、圣胎就是一种光能量，当它跃跃欲试地要出来时，你就能看到丹光。

"不是玄都凡俗种，瑶池王母自栽培"，这花不是俗花，是瑶池王母栽的。瑶池是西昆仑西王母住的地方。西王母就是元神的总根，蟠桃花就是元神之花。我们先看"蟠桃道果"这张图，红色的这一面指阳升，黑色的这一面指阳降阴升。大圣府在蟠桃园的右边，蟠桃园居左，左为阳，右为阴。从坤卦到一阳生的复卦，二阳的临卦，三阳的泰卦，四阳的大壮卦，五阳的夬卦，六阳的乾卦，西王母是坤卦，就是道体，所有的一阳、二阳、三阳、四阳、五阳、六阳，都

蟠桃道果

是坤卦所生，西王母是地位很高的至尊。

大圣问土地神有多少株树，土地神说有三千六百株。三千六百就是三十六。六六三十六，六六之数，实际上讲的是坤卦。"前面一千二百株，花微果小，三千年一熟，人吃了成仙了道，体健身轻"，这个效果是对着人的肉身，"体健身轻"，主要是对肉身的好处，所以它也是初乘的道果。初乘就是"自运元气，符咒求师，三力合一"，有元气，身体好，是地仙，成就是最低的。初乘对应这张图中复卦和临卦，是最下一乘。练功的、有为的、在肉身上用功的就属于初乘的地仙。

"中间一千二百株，层花甘实，六千年一熟，人吃了霞举飞升，长生不老。" "霞举飞升"讲的就是人的神可以出来，可以长生不老，这属于中乘。也就是"元神自运，遨游八极"。元神修成了，不过是有为练出来的元神，是神仙级别，在图里是泰卦和大壮卦。六千年一熟的桃子表示中乘的神仙。

"最后一千二百株，紫纹缃核"，桃子的核放着紫光，指闭着眼睛的时候，看到大脑里的光是紫色的，紫色的光是道光。"九千年一熟，人吃了与天地齐寿，日月同庚"，就是最上一乘，是我们讲的这个金丹。祖师说，学仙须是学天仙，唯有金丹最顶端。九千年一熟的桃子就是天仙成就。上乘者"元婴育成，金身合身，与道合真，阴阳在乎手，变化由心，不神而神，深得自然自由之妙趣"，这就是天仙的成就，是图里的夬卦和乾卦，就是孙悟空学道，玩儿着三年自然成。蟠桃园的果树讲的是坤卦从复卦到乾卦，由纯阴变成纯阳的过程。三个级别三乘法果，通过蟠桃树展示地仙、神仙、天仙这三个级别的道果。

大圣听了很高兴，"自此后，三五日一次赏玩。也不交友，也不他游"，三五是十五，十五是半个月。"也不交友，也不他游"，人在上丹田养丹的时候，对外边的信息是很单纯的，很不愿意接触人，总喜欢单独，喜欢自己和自己待着，和自己的内心、和天地在一起，是一种回归内在的状态。"三五日一次赏玩"，讲的是人的变化，半个月一小变，一个月一大变。总是到十五的时候，肾气就很强，就元精发动，有很强的电感，再一看日历，是十五，就是这样；到初一

《紫金丹》（油画，作者：韩金英）

的时候，人就很安静，身体上好像一点动静也没有，好像很静。温养灵丹时，人和自然是完全合一的。

四、蟠桃胜会

"王母娘娘设宴，大开宝阁，瑶池中做'蟠桃胜会'"。瑶池是王母娘娘住的地方，她要开的是蟠桃胜会。"胜"是发髻的意思。我们看老子像，他头顶有一个冠，冠上有一个珠，"胜"讲的就是这个。胜是一种古代妇女的头饰，戴胜的才能参加蟠桃会。从修行上来说，"胜"指的是金丹法身，胜会是法身的聚会，也就是修成的人的法身相见。"三"是一气含阴阳、三生万物，三月三也就是先天一气的能量最强的时候。天宫里成就的上真仙人们的聚会，不是

《泰卦》（油画，作者：韩金英）

随便什么人都可以参加的，金丹修出来、圣婴法身已经成了的，才有资格去参加。这是一个长生的境界，到了不生不灭的境界才能去。

视频 5-3　　http://www.tudou.com/programs/view/fsI_Cq6De00/

西王母派七衣仙女来摘蟠桃，七是元神的数，女是阴的意思，只有元神才能摘蟠桃。七衣女七个颜色——红衣、青衣、素衣、皂衣、紫衣、黄衣、绿衣，"各顶花篮，去蟠桃园摘桃建会"。七彩光讲的是丹光，金丹放的光，七从卦上来说是除以六之后剩一，七女是一阴爻，就是孙悟空是纯阳乾卦，乾卦最底下那一个爻变成了阴爻，遇一阴叫姤卦。也就是说，纯阳遇到了一个阴，阴从下往上侵蚀阳气，应该怎么办呢？怎么能够不被阴气逐级地侵蚀？这个里头就暗藏着玄机。

孙悟空看着园子，他找个借口把随从支走了，说你们去吧，我要睡会儿觉。

姤卦

他脱了衣服，爬到树上去了。把别人支走，讲的是阴阳之气"见之不可用，用之不可见"，只有自己知道，不能让别人知道。元精、元气是无形的，如果你已经见到了，那就是浊精、浊气。他"吃了几个桃子，变做二寸长的个人儿"，就在树梢上睡着了。他吃的是最大的桃子，是九千年一熟、与天齐寿的桃子。桃子讲的是先天一气养出来的法身，在进一步地解释和说明这个齐天大圣孙悟空是天生的圣人。上一回他已经是齐天大圣了，这一次吃了西王母的桃子，其实是在为齐天大圣做注解。这个二寸的小人儿，说的是长生之子。《乾宫哺育》那张画，里头有一个很小的小人儿，讲的是法身的法相。《长生之子》、《毕业洗礼》里面的小金人儿，描述的是金丹法身的象。孙悟空变成小人儿，讲的是他元神的形象。很多人看到这个二寸的小金人儿，其实是圣婴法相。

七仙女来摘桃子，"先在前树摘了二篮，又在中树摘了三篮；到后树上摘取，只见那树上花果稀疏，只有几个毛蒂青皮的。原来熟的都是猴王吃了"。刚才

《毕业洗礼》（油画，作者：韩金英）

讲了三种蟠桃树：前面的三千年一熟，中间的六千年一熟，后边的九千年一熟。九千年一熟的都被孙悟空吃了，同气相求，就该孙悟空吃。九千年一熟的是天仙，孙悟空是最上乘的上三界的天仙，他吃就对了，别人资格不够，根本没机会吃。前排和中排的树只不过是地仙和神仙，只不过是初乘和中乘。其实作者在进一步强调孙悟空的地位。

孙悟空问七仙女蟠桃会请什么人。七仙女说往年都请的是（看"西王母胜会"这张图）五方五老和五斗星君。五方五老是地上的五个方位的五老，是"西

西王母胜会

西天佛老、菩萨、圣僧、罗汉，
南方南极观音，
东方崇恩圣帝、十洲三岛仙翁，
北方北极玄灵，
中央黄极黄角大仙，这个是五方五老。
还有**五斗**星君。

上八洞（天）	中八洞（人）	下八洞（地）
三清、四帝， 太乙天仙	玉皇、九垒、海 岳神仙	幽冥教主、 注世地仙

孙悟空出世

西游记金丹揭秘

130

天佛老、菩萨、圣僧、罗汉，南方南极观音，东方崇恩圣帝、十洲三岛仙翁，北方北极玄灵，中央黄极黄角大仙"。五斗星君是天上的东、南、西、北、中斗星君。五方五老和五斗星君指的是天地五行、五位，讲的是天地阴阳，讲的是时间和空间。五方五老、五斗星君都是人天合一证道证出来的法相。佛在西，西为金，金是永恒不坏之本性；南极观音，南是离卦，属火，火中生水，是真水，就是观世音的甘露；东方崇恩圣帝、三岛仙翁，东为木，肝藏魂，为三魂所居；北方的肾水，坎中之阳是玄妙的灵；中央黄极黄角大仙，黄是土，是元气。这一段参会人物的名单，讲的是天人合一的生命内景的总体结构。

修行的级别有三种：上八洞、中八洞、下八洞。上八洞对应的是天，中八洞对应的是人，下八洞对应的是地。上八洞是三清、四帝、太乙。太乙是太乙真人，就是先天一气。上八洞就是天仙，天是自然的意思，天仙是自然无为就修成了。孙悟空是先天一气的化身，属上八洞天仙级别，他对应的是整个宇宙，对应着整体，他就是道的化身。所以修天仙才是修道，自然无为才是修道。除此以外都不是道，是法，是术，是体育锻炼。

中八洞的有玉皇、九垒、海岳神仙。玉皇大帝，九垒，海神、龙王，这些神仙他们主要是对着人间的，所以像过年有神仙下凡。玉皇大帝是神仙级别的，在中三界，比孙悟空级别低。虽然他是掌管天地阴阳的天帝，但是孙悟空这个先天一气，他已经跳出阴阳了，他和掌管宇宙的三清、四帝是一个级别的，是最高级别的，是本性层面的。

下八洞是地仙，地仙就包括幽冥教主、注世地仙。也就是说，这三个级别中，上八洞的三清、四帝和太乙天仙，他们就是九千年一熟的，是寿齐天地的，是整个宇宙的主宰；中八洞玉皇大帝是管神仙的。上一回说孙悟空不服天管，对玉皇大帝的天规不以为然。因为玉帝是管神仙的，孙悟空是天仙，比玉皇的级别还要高，所以他管不了孙悟空。上八洞、中八洞、下八洞对应的是我们的精、气、神。精主要是在肉身上，肉身长寿健康是地仙；气可以化神，有神通，比如说海神、五脏神，对应的是气；上八洞三清、四帝、先天一气，对应的是人

永乐宫壁画中的西王母

的神。三乘里，孙悟空所在的天仙级别是最高的。我现在讲的金丹，就是上八洞、天仙级别的，是最高级别的。太上无为法门、老子的道法自然是最高的。从西王母胜会所请的嘉宾名单，可以看出来，《西游记金丹揭秘》讲的就是最高级别的天仙成就。

客人都是西王母请来的。西王母是元神的根祖，她是坤卦。不管是地仙、神仙、天仙，不管是三千年一熟、六千年一熟、九千年一熟，都是西王母所生。西王母的地位是相当高的，她就是混沌道气，由混沌道气中西华至妙之气凝结而成。西为金，西方金，西天取经，水中金，先天一气，都和西王母有关，

西王母又叫金母、太元圣母，也就是太极母亲。因为她居住在西昆仑，所以叫西王母。西王母的全称是"太灵九光龟台金母元君"，她是太灵九光，而我们是一点灵光。我们大脑里的这一点灵光，每个人的灵魂，每个人的神，都跟西王母有关，所以，她是元神的根祖。

西王母蓬发戴胜，戴着一个龙冠的胜。她"德配坤元，主掌阴灵真气，是洞阴至尊"。"德配坤元"，是说所有的阳都是从她那里生出来的。我们元神，只要一空静，就能感受到能量。老子说："致虚极，守静笃"，你静得很深的时候，你就能够感觉到天地的元气能量非常强大。静极生动，静极就是坤，西王母就是坤元，就是最本元的空静的神。她是无中生妙有的"无"，空静的"空"和"静"。

西王母就是道母，她就是大道母的化身，主掌着阴灵真气，讲的是我们这个灵，看不见的这个灵，这个真气，她管这个。"洞阴至尊"，是说上、中、下三个八洞的洞天中，她是至尊。洞阴至尊的这个阴，阴为女，所以西王母又

孙悟空出世　西游记金丹揭秘

是女仙之首。其实，她是天仙、神仙、地仙之首。她是坤母、坤元，所有的阳，不管是一阳还是六阳，都是由坤所生，都是由这个"无"、由这个"静"所生，静极生动，无中生有。所以她就是那个静，就是那个无，她就是道，西王母的地位至尊至高。

蟠桃会是西王母设宴请客，也就是表示西王母的地位。孙悟空问七仙女王母娘娘请了什么人。七仙女说完了以后，他问，请不请我，我可是齐天大圣。七仙女说没有，没听说，这是以前的规矩，这次不知道请不请你。孙悟空就捻了个诀，"对众仙女道：'住！住！住！'这原来是个定身法，把那七衣仙女一个个睖睖睁睁，白着眼，都站在桃树之下。大圣纵朵祥云，跳出园内，径奔瑶池路上而去"。孙悟空碰见七衣仙女，纯阳遇一阴是个姤卦，六阳底下一爻开始生了一阴，生了一阴之后，会生二阴、三阴……阳气就会逐渐被阴气吞噬。阳升阴降，这是后天的顺行，而金丹大道是先天，是逆行。也就是说六阳碰见一阴以后，首先要把它止住，所以孙悟空用定身法，把这七仙女给定住，讲的就是止阴。

视频 5-4　http://www.tudou.com/programs/view/I-KRYB9HGCA/

阴阳交感，真铅氤氲。当真铅起来的时候，你要定住它，叫顺中用逆。能量大动了，你别跟着动，心别乱，以静制动。你不能顺着这个东西走，要顺中用逆。真阳上来以后，就会变成真水下来。如果你定不住，你的心空不住，真阳起来也化不成真水。真水下不来，先天的火就烧得没办法，只有真水才能治先天的真火。真阳起来，真铅氤氲的时候，心要能够空，就像我的《道冲》这张画，能量很强的时候，你的心要能够空得住。沈阳一位六十多岁的大姐，听课后从夜里三点到早晨六点就发生"道冲"。

西王母蟠桃胜会，中间坐的就是西王母，底下是众仙来赴蟠桃会，对瑶池仙境的描写有一句，叫"瑶台铺彩结，宝阁散氤氲"。这个"氤氲"就证明我们刚才分析的是对的。"桌上有龙肝和凤髓"，这些东西就像上一次讲的那个金乌、玉兔、真阴、真阳，龙、凤表示阴神、阳神，它们都升上来了，是真铅

《道冲》（油画，作者：韩金英）

氤氲所化出来。这个阳气它到了头顶，你的多维空间打开是需要能量支持的，有这个含义。

五、偷丹

孙悟空又喝了很多酒，"走入长廊里面，就着缸，挨着瓮，放开量，痛饮一番。吃勾了多时，酕醄醉了"。喝醉了，赶快回去睡觉。这讲的是得大药，浑身酥软如绵。吃了蟠桃后就喝酒，酒是玉液琼浆、观世音的甘露，比喻真水。2010 年 7 月我在兰州旅游，突然感觉特别困，好像一点劲都没有，然后四点多钟就躺下了，躺到十二点还不行，人迷迷糊糊的，一点劲儿都没有，有人来电话，连手机都拿不起来，浑身酥软。吃了蟠桃又喝酒，讲的是真阳变成了真水，真阳真阴合一就是丹，所以下边的情节是偷丹。

趁着醉孙悟空就到了兜率宫。本来是要回齐天大圣府去睡觉，结果走错了路，走到了兜率宫，走到了太上老君的炼丹房里。老君不在，他把所有的五个葫芦里炼的金丹全吃了。把九千年一熟的蟠桃吃光，五个葫芦里的金丹吃光，多大的福分，这里借九、五在歌颂先天一气、大道能量。"原来那老君与燃灯古佛在三层高阁朱陵丹台上讲道"，"丹台"的"丹"就是道，丹道就是大道。太上老君和燃灯古佛在丹台、在天宫上讲道。老君是性王，性是本性，讲本性的道理他是老大，所以叫"老君"；"燃灯古佛"，是很古老的佛，就是真我，这是说先天一气是很久远的万年的古道。老君和古佛在讲道，仙童、仙将、仙官、仙吏所有人都是站着听的，恭恭敬敬地侍立左右听讲。在天宫上能够讲道的，是天仙以上级别的人物，不是随便什么人都可以讲道的。普通人可以讲知识，不是天仙讲不了道。

五个葫芦的金丹、九千年熟的蟠桃可以寿齐天地，九五就是孙悟空的本命，通过吃蟠桃和吃金丹，就把孙悟空的元神归位了。他的本命就是九五，"飞龙在天，乃位乎天德"，"九五龙德中正，太极之象，无生无死"，这个就是孙悟空的本命，两件事讲他元神归位，找到了历史上那个真我。真我就是圣神，

《长生课堂》（油画，作者：韩金英）

从元神到圣神，就看元神是否归位，如果元神归位了，见了真我了，就是真正名副其实的齐天大圣。找到真正的自己，能够做真正的自己，就叫元神归位。

孙悟空丹满酒醒，出了太上老君的兜率宫，从西天门使个隐身法逃去，回到了花果山。孙悟空是个纯阳乾卦，阳极必生阴，乾卦生一阴就是姤卦，就是遇到七仙女。如果再这么顺着走的话，就到了遁卦、否卦、观卦、剥卦、坤卦，阴气越来越强，最后就到了纯阴，阳就被迅速消掉了。那要怎么做呢？顺着走就是姤卦，逆着走就是西天门。西天门，兑卦在西，下乾上兑是夬卦。在顶上开一个口就叫天门，所以叫西天门，夬卦比喻的就是西天门。也就是说，纯阳之后不顺着走，变成姤卦，而是逆着走，变回夬卦。用遁，用隐身法遁，逆着走西天门，讲的就是一个人的真阳很强的时候，不要再顺着这个强往下，那就会阳亢了，要把握分寸，不要让它走到阳亢，离最高总差一点。顺中用逆，能够空静，很强的气就会发散开来，叫"刚中用柔"。阳气不亢，阴气难进。也就是说，阳极生阴，你不要阳极，阴就生不出来，这叫先天逆运之道，叫"顺中用逆"。

七仙女被定住了，过段时间解脱出来了。孙悟空偷酒、偷丹的事被揭发了。这个时候有人报告说："不知甚么人，搅乱了'蟠桃大会'，偷吃了玉液琼浆"。蟠桃会就是丹元胜会，就是太上老君说的，他炼了"九转金丹"，伺候玉帝做

"丹元大会"，不料却被孙悟空给偷了。丹元大会就是蟠桃胜会，蟠桃会就是丹元会，所以蟠桃讲的就是丹。

下面这幅画是《西王母》，是照着永乐宫壁画西王母的造型画的油画。西王母戴着一个龙冠，上面是一个坤卦，就是静极生动、无中生有。她就是无，

《西王母》（油画，作者：韩金英）

她就是静，静就是道，无就是道，所以西王母这个坤德就是大道母，她的能量非常强。当你能看到西王母的时候，说明你这个元神已经经历了一个很高的层次。最有意思的是我的这幅画在走的时候，是2013年正月三十晚上十点多钟，是晴天，可画刚走就晴空响雷。我们还奇怪，怎么打雷呢，过了一会儿就开始下雨，雨从正月三十的晚上，一直下到二月初一的中午一点多才停。到二月二就是龙抬头，所以下了很大的雨。画到谁家去了呢？藏家的母亲是信奉西王母的。

玉皇大帝知道蟠桃大会被搅了，桃子、丹、酒都被偷了，

永乐宫壁画《朝元图》中的玉皇大帝

他就派灵官去查。"灵官领旨，即出殿遍访，尽得其详细。回奏道：'搅乱天宫者，乃齐天大圣也。'""灵官"也就是通灵的人，天眼去看，来龙去脉都看得清楚。灵官是什么样的地位？孙悟空和三清都是属于天仙级别，三清里道德天尊就是太上老君，他是三清之一，太上老君是讲道的人，他的地位可以说是最高等级的，属于上八洞的。玉皇大帝是神仙级别的中八洞的，对应的是人间、人心、小我。灵官是这个界别里的小小随从，灵官的地位是很低的。可惜在我们现实里，有很多人非常糊涂，以为一个天眼开的灵官的地位比讲道的人还要高。

然后玉皇大帝就派了十万天兵，布下天罗地网，来捉孙悟空。结果捉到什

么了呢？凡是孙悟空他这个猴类的，一个都没捉着，捉到的都是些豺、狼、虎、豹。孙悟空是中正之阳；妖王、鬼王这些精怪是高亢之阳，他们走的是顺；孙悟空走的是逆。先天是逆，后天是顺。中正之阳是刚而能柔，为仙为圣；高亢之阳是刚而不柔，是妖是鬼。真阳起来了，看你怎么做，能不能止住，能不能遁，能不能处于一种阴阳中和的状态，用先天的逆法，顺中用逆，走西天门，成圣成妖就在这一念之差。这一回就讲这么多。

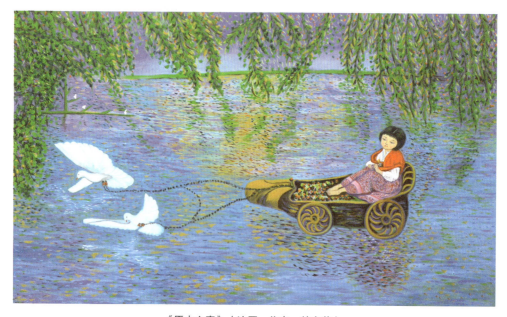

《原本之真》（油画，作者：韩金英）

《西游记金丹揭秘》
主讲：韩金英

第六回

观音赴会问原因
小圣施威降大圣

大家好！今天我们讲《西游记金丹揭秘》第六讲——顺时而止

视频 6-1　http://www.tudou.com/programs/view/cXU4ZUM8iXo/

一、题解

这一回是讲观世音出主意，派二郎神来降伏孙悟空的故事，这回的题目叫《观音赴会问原因　小圣施威降大圣》。这回很不容易懂，含义隐藏得非常深，我从年三十到初六，用了七天的时间，反复地领悟，才把它搞懂。祖师在传道的时候，很深的奥秘是不会轻易说出口的，他是一层一层地讲的，非常不容易懂。

二、观卦

观世音，观世界、听声音这个"观"，就是神在看，在无形当中悟真机，是整体地看。事情还没有出现的时候，我们的真思维、元神这个真人，她就能看到全局，知道来龙去脉是怎么回事。"小圣降大圣"，小圣怎么可能降大圣呢？观音菩萨的主意是不是出错了？小是阴，大是阳。小圣降大圣，讲的是以阴来济阳，济是帮助的意思。后天的顺行，是阴来蚕食阳；先天的逆行，是以阴来助阳，来帮助这个阳。表面上看，是小圣神通广大，来降伏孙悟空，实际上他是在帮他成就，这是第一层。

第二层呢，讲的是阴阳变化过程。上一回孙悟空吃了九千年一熟的桃子，寿齐天地，吃了仙丹，喝了仙酒，这些讲的都是纯阳。得了纯阳之体，得了乾卦之后，阳极必生阴，乾卦生一阴是姤卦，遇见七仙女就是姤。孙悟空把她们定住了，他自己逃走了，就是遁卦。从乾卦，到一阴生的姤卦，

观卦

到二阴生的遁卦，上一回讲了这三个卦。而这一回呢，讲了三阴生的否卦、四阴生的观卦、五阴生的剥卦。蟠桃会一片狼藉就是否卦，阴阳不交之象。观世音派弟子惠岸去探查军情，去看天神降伏孙悟空这场大战，就是四阴生的观卦。二郎神的围攻，太上老君从天而降的乾坤圈，四面八方对他的围剿，最后把他捉住，把琵琶骨穿上了，他没办法动身，这讲的就是剥卦。剥卦是五阴生，剩最后一口阳气了。到第七回，给他放到八卦炉里，那是坤卦。整个过程，讲的是我们这个灵、这个坤灵形成的过程。

从我们最开始讲《西游记》，贞下起元，是一阳生的复卦，一直到第五回，孙悟空大闹天宫，已经是六阳生了。从第五回到第七回，是讲姤卦、遁卦、观卦、剥卦这几个卦。从一阴生到五阴生，最后投在八卦炉里是六阴生。一个是阳生，一个是阴生。通过这个过程，元神就修成了，先是以阳养阴，真阳之火把元神养大。之后，元神搬运宇宙高能量来气化肉身。这是第二层意思。作者通过故事情节，在讲阴阳变化，讲这些卦象。如果看这些故事，你不能高度地概括、抽象出来其中的意思，那你就不知道他在说什么，所以这就需要观世音出面。"观世音"的意思就是用元神来观，如果用后天意识去想，那肯定是不对的。

第三层意思是小圣就是灵根，小圣来降伏大圣，实际上是来帮助大圣，来成就金丹。《西游记》这一回是一个立体结构，既说阴阳变化又说金丹成就的过程，又有二郎神的故事。如果你粗粗地

《舞蹈观音》（油画，作者：韩金英）

看，好像看懂了，但仔细分析，里头藏着很深的东西，非常地费心思。好，我们现在就根据故事情节，把这一回所隐藏得很深的阴阳玄机、金丹形成的过程，挖掘出来仔细分析。

小说原文这样说："南海普陀落伽山大慈大悲救苦救难灵感观世音菩萨，自王母娘娘请赴蟠桃大会，与大徒弟惠岸行者，同登宝阁瑶池，见那里荒荒凉凉，席面残乱……时有太上老君在上，王母娘娘在后。"观世音看到瑶池里席面残乱、荒凉的景象，她就看出来了，这首先是一个否卦，阴阳不交之象。阴阳背离会怎么样呢？最终就会达到剥卦，剥卦是五阴一阳，剩最后一口活气的意思。从象上说剥卦就是个棺材象，当这个剥卦还没出现的时候，仅从宴会混乱的场面，观世音菩萨就已经看到了未来。她这个神观就是整体地看，来龙去脉、前因后果，一眼全看到了，这就是观。观是元神的思维，整体看问题。通过一个象来把握事物的本质。如果这种思维方式不建立起来的话，就会被表面现象蒙住眼睛，不知道内在真正发生了什么。

三、否卦

再看否卦，否卦是乾卦在上，坤卦在下。乾卦是阳，坤卦是阴，阳的自然属性是上升，阴的自然属性是下降。如果阳在上，阴在下，阳往上升，阴往下降，阴阳就会朝着两个方向分裂，南辕北辙，这就是否卦。否卦就是阴阳不交。否卦就是后天，后天是二，阴阳分了家，阴是阴，阳是阳，变成了二，所以是混乱，是死气。反过来，如果坤在上，乾在下的话，坤在上，它自然的属性是向下的，乾在下，它自然的属性是向上的，那么阴阳在运动中就合二为一，阴阳相交，就是生机，阴阳混一之气就是生机之气，它代表的就是先天，代表的就是生机，就是活、活生生。而否卦阴阳背离，就是混乱和死气。反过来这个泰卦就是阴阳合一，合一就是生机，就是天地的元气。"时有太上老君在上，王母娘娘在后"，这个讲的又

否卦

是否卦，乾在上，坤在下就是否卦。接着上一回孙悟空逃跑，逃跑是个遁卦。
遁卦就是乾卦底下两个爻变成了阴爻，两阴生就是遁卦，三阴生就是否卦。阳

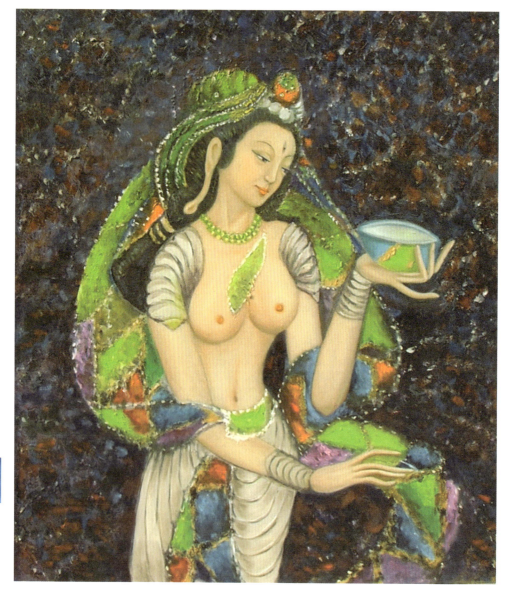

《托钵观音》（油画，作者：韩金英）

升阴降讲的就是天道，天道就是自然，阴阳自然地变化。所以，观世音的"观"，元神的"照"，觉察神观，讲的就是观天之道，执天之行。一切顺其自然，了解自然变化的状态、过程，走到哪一步了顺天而行。比如冬至阳气最弱的时候，要藏不要消耗，所以叫冬藏。这时人的肾反应最大，肾气非常的弱，人没有精神，这时要彻底地休息，不能再出去忙活。得了丹的人，那时你做不了自己的主，老天在管着你，老天的阴阳之气把你管了。

视频 6-2　http://www.tudou.com/programs/view/Ah5hGFpNkZ0/

否卦是三阴生，三阴生之后自然就会发展到四阴生，四阴生就是观卦。来看这个观卦。"菩萨……命……惠岸行者道：'你可快下天宫，到花果山，打探军情如何。如遇相敌，可以相助一功，务必的实回话。'惠岸行者整整衣裙，执一条铁棍，驾云离阙，径至山前。见那天罗地网……"这段观音派徒弟下去打探军情，就是观阴阳消息的观卦。人体的天是头部，人体的地是腹部，人体的天地这个天罗地网，其实讲的是孙悟空这个大圣、这个圣婴法身，被困在人体的天地之间。 观世音菩萨来赴蟠桃大会，与惠岸"同登宝阁瑶池"，惠岸是托塔李天王的二公子，叫木叉，木是巽，王母娘娘是坤。惠岸登瑶池，巽卦在上，坤卦在下，这又是一个观，风地观卦。这是在讲整体观，不是用眼睛而是用心看，也就是神观。

再下一步，也不是用心看，是用物来看，以物观物，彻底地和客体融为一体。我们在黑板上画一个人体的轮廓线，看着轮廓线想自己身上，想到头时，自己的脑袋就忽悠忽悠地有动静，这样就知道这个人是因为脑血管问题去世的。我学太极门的时候，看一个在美国的已经去世的人。课堂上 120 人，大家都能说准，这也是观，以物观物，和它融为一体。观音的"观"就是静观，就是神观。"音"就是阴阳消息之机，阴阳变化的天机奥秘，它是很隐秘的，从表面上是看不出来的，只能是靠你静了以后，用你里头的元神观。

从取经的开始到取经结束，观音是一个贯穿《西游记》全书的主要人物。西天取经，只有神通是不行的，必须要开智慧，才能最终到达彼岸。假如说你只是开了天眼，那还是不行。这个观和照——"观自在菩萨……照见五蕴皆空"，就是一种大的智慧、大的自在，是本性里头出来的智慧和能量，能够把物质穿透。"照见五蕴皆空"，穿越表层看清本质，看清里头的阴阳变化。这个阴阳变化，其实是圣婴的成长过程，最后它能够成就，都是这样一步一步阴阳变化，逐渐地变过来的。当阳升足够了又阴降，阳升阴降，不断地反复地阴阳循环，最后这个金丹才能够磨炼出来。

四、惠岸战孙悟空

惠岸从天宫里下来，来到花果山，看到了孙悟空，孙悟空就问他是谁。木叉道："吾乃李天王第二太子木叉。""二太子"，二就是阴。木有两个，阳木是震卦，阴木是巽卦，这个二太子木叉是巽卦，巽卦对应的是元神，是元神这么一个磁场。"今在观音菩萨宝座前为徒弟护教，法名惠岸是也。""惠岸"，本性就是慧性，本性就叫慧。"岸"就是水边的意思。惠岸这个巽卦、阴木，只是在水边的，在岸边的，还不是真正水里的。所以孙悟空说："你不在南海修行，却来此见我做甚？"木叉道："我蒙师父差来打探军情，见你这般猖獗，特来擒你！""猖獗"，讲的是孙悟空这时阳气非常足、非常壮，十万天兵都降不住他，他讲的就是阳盛。阳极就会阴生，阳极就会自然招来阴的侵蚀，这是一个自然的变化过程。观世音菩萨不派徒弟来，也会是这样。木叉来降伏孙悟空，其实讲的是阳极必然地会阴生。

惠岸跟孙悟空打，打了五六十个回合，五六就是三十，六是坤阴之数。两人大战："棍虽对棍铁各异，兵纵交兵人不同。""铁各异"说孙悟空的金箍棒是神铁，惠岸的是俗铁，是普通的铁，所以不一样。"一个是太乙散仙呼大圣，一个是观音徒弟正元龙。"太乙散仙，太乙就是先天一气，先天一气是大圣，是天地的元气。"观音徒弟正元龙"，观音是灵感，灵感的徒弟，元龙讲的就是元神，大圣是圣神，是太乙散仙、先天一气、宇宙最原始的本元能量，两人能量级别差距很大。惠岸用的是"浑铁棍乃千锤打，六丁六甲运神功"，这"六

《真阳之火》（油画，作者：韩金英）

丁六甲"的"六"是阴的意思，"运神功"，是人为地用元神做功。孙悟空"如意棒是天河定，镇海神珍法力洪"，是元神自动做功的。人为的做和自动的做，是神仙和天仙的区别。人为的做是人用自己的神做，能量极其有限。元神自动的做，是神用天地无限的能量在自动做。"两个相逢真对手，往来解数实无穷。这个的阴手棍，万千凶"，虽然孙悟空比惠岸能量高很多，但是阴毒的心也是很可怕的，惠岸的阴气"万千凶"。"阴手棍"，阴来蚕食阳，是非常凶险、非常残酷的。

"怪雾愁云漫地府，狼烟煞气射天宫"，"地府"指的就是腹部。"怪雾愁云漫地府，狼烟煞气射天宫"，下面起来的怪雾冲到上面来，是狼烟，是煞气。这讲的是人腹部的真阳自动冲上来，与人为地调动上来是不一样的。自动地升上来的，是真阴、真阳自动抱一，自动地循环；人为地提上来的，用意念，用动作提上来，就是狼烟煞气冲上来。后天意识心操纵不了先天能量，就是操纵上来了，也不过是狼烟、愁云、怪雾，而自动上来的是光，真阴、真阳合一，先天真一、本性之光显现出来。所以，自动上来和非自动上来，那是有天壤之别的。一切人为地操作真阳能量的做法全是错的，只要是用了方法，虽然也见了点效果，但都是沾染了后天意识的狼烟、煞气。你的本性之光一定是真阳自然上来后出现的。惠岸被打败了，他用后天的东西，真阳虽然勉强有了，但化不成真水，结不了丹，开不了玄关。破坏了天一生水那个真水的循环，破坏了从真阳变成真阴的循环，惠岸败给孙悟空讲的是这个。

视频 6-3　http://www.tudou.com/programs/view/QGhdQqynIXc/

惠岸打败回来了，玉帝很着急，观音合掌启奏："陛下宽心，贫僧举一神，可擒这猴。"她为什么不说"举一将"而说"举一神"呢？什么叫天兵呢？天兵就是神兵。"举一神"讲的是神修，神之间的阴阳变化。表面上看好像是人和人在打，其实是神修，是阴阳之气的阳升阴降的过程。玉帝道："所举者何神？"菩萨道："乃陛下令甥显圣二郎真君。"玉帝的外甥"显圣"，本性是圣，来显示圣的，显圣就是天眼，它能够看到光，能够看到法界虚空的场景，

孙悟空出世

西游记金丹揭秘

150

这就叫"显圣"。天眼就是显圣，显示本性世界的。"二郎真君"，"二"是阴，所以叫小圣，孙悟空叫大圣，大为阳，小为阴。

五、二郎神战孙悟空

观世音菩萨说，就是你的外甥叫二郎真君，"见居灌洲灌江口"，灌江口是水里。"享受下方香火"，圣本来在头部，可是他在腹部，在灌江口，上边的跑下边去了。"他昔日曾力诛六怪"，"六"是坤阴之数，"又有梅山兄弟与帐前一千二百草头神"，"草头神"就是小喽啰，"梅山兄弟"有六个，是六这个阴数，"一千二百，二六一十二，又是六这个阴数。二郎神是二，他的兵是六，都是阴数，一群阴气凑在一起。他"神通广大，奈他只是听调不听宣"。玉帝就是玉鼎、真阴、空静的心。心一空，能量就上来了，就有电感。这一空就是玉帝来调遣，是真阴，女招男，把真阳吸引出来。小圣是先天肾气，肾气是阳，在水里，所以说他住在灌江口，享受下方的香火。看这张"大圣小圣"图，在天上的孙悟空是先天一气的化身，是大圣。小圣是真阳这个灵根，其实这里面隐含着坤灵的形成过程。

真君笑道："小圣来此，必须与他斗个变化。""小"是阴的意思，小圣来此，讲的是阴来侵蚀阳。阳极必生阴，自然招来的是阴。孙悟空七十二变，二郎神也是七十二变，为什么一样？小圣大圣都是先天一气，一切都是先天一气所化生，它是一个阴

《天眼》（油画，作者：韩金英）

阳混一之气，先天一气可以无限变，变出一切。说到变这个事，2014年正月初四凌晨五六点的时候，我迷迷糊糊的，就好像拿着一些纸片，一甩手就变成了一条条的小龙。随便拿什么东西，抓一个东西一拿出来，一抖就变出了小龙，早上起来就看到这么一个景象，这就是先天一气、金丹的化境。从十二年前母亲突然元神通了，到金丹的神化出现，整整十二年，一个时辰都不差，这就是天道的总体安排。当我们回过头来看时才明白，走了十二年，从天眼通了，写易经、风水的书，到后来画画，写《内在小孩解道德经》，讲《金丹》的课，一直到今天，整整走了十二年，什么功也没练过，但是不知不觉中，元神已经成长到可以变化的地步，真是特别的高兴又特别的感叹，感叹老天的安排。

再回来看这个变。"必须与他斗个变化"，二人都是七十二变，讲的是元神随着一年七十二候在变化成长。小圣大圣都是圣，本来是一个东西，孙悟空是先天里的先天，无所不在的先天一气；二郎神是后天里的先天，先天一气落入人体，藏在后天是水铅。他们就是丹药，把金丹神光塑造出来了，所以神丹会万变。二郎神说："列公将天罗地网，不要幔了顶上，只四围紧密，让我赌斗。"他让天罗地网围着，不要封顶，为什么不要封顶呢？能量冲上来的时候特别强，像发火箭一样，腾的一下就起来了，一下从头窜出去了。"若我输他，不必列公相助，我自有兄弟扶持；若赢了他，也不必列公绑缚，我自有兄弟动手。只请托塔天王与我使个照妖镜，住立空中。恐他一时败阵，逃窜他方，切须与我照耀明白，勿走了他。"输了赢了都不要天神动手，因为二郎神是从底下上来的，他的能量在底下，他的随从相当于他的能量，也必须是从底下来。天神都不要动手，是因为天神是上面的，上面的不行。

视频6-4 http://www.tudou.com/programs/view/OnqErfXMMu8/

托塔李天王的照妖镜就是天眼，天眼是一面镜子。托塔李天王给他照着，其实是他自己就是天眼，就是那面镜子。我们所有真气上来的人，骨头都裂了，都有一个很细的骨缝，能量只要上来了，就是玉帝上调，玉鼎召唤上来了，天眼就开了。

二郎神跟孙悟空打，书中形容二郎神："仪容清俊貌堂堂，两耳垂肩目有光。头戴三山飞凤帽，身穿一领淡鹅黄。"二郎神，二是阴，虽然他是有阴气的，但还是很不错的一员大将，仪表堂堂，还是很漂亮的。"头戴三山飞凤帽"，"三"指的是精、气、神，"三山"指的是精、气、神上到头顶。"飞凤帽"，凤是阴性的，这个能量上来，是水里头的阳，所以它是带着阴气的。"缕金靴衬盘龙袜"，金的靴子，盘龙的袜子。"玉带团花八宝妆"，他的整个打扮还是很考究的。"手执三尖两刃枪"，他的兵器是三个尖儿两个刃。三尖比喻锋利，两刃比喻坤卦，阴气很厉害、很重的意思。"心高不认天家眷，性傲归神住灌江"，他好像跟他舅舅闹别扭了，为了救母亲，对玉皇大帝很不满意，不认"天家眷"。他本来是一个天神，可是他却住在地下，不在天上待着。"性傲归神住灌江"，"归神"讲的是这个坤灵，"住灌江"，住在水里。"赤城昭惠英灵圣，显化无边号二郎"，"赤"是红，离卦，指的是人的大脑，心脑对应离卦，他本来是赤诚的，"昭"就是彰显，"惠"是本性、慧性，他本来是显示本性的。"英灵圣"是说我们这个坤灵是圣，本性是灵性的。"显化无边号二郎"，他的天眼可以看到一切，因此叫"显化无边号二郎"，"二"是阴，天眼也是阴眼。

孙悟空说："我行要骂你几声，曾奈无甚冤仇；待要打你一棒，可惜了你的性命。你这郎君小辈，可急急回去，唤你四大天王出来。"孙悟空和二郎神无冤无仇，他们本来就是一个东西，一个是在天上的，一个是投胎进来以后在人体的先天肾气，所以无冤无仇。"你这郎君小辈"，大为阳，小为阴，孙悟空是阳，阳不愿意跟阴斗。孙悟空说，你就回去吧，唤四大天王来。天王是天上的，意思是说，我和阳的打，不和阴的打，近君子不近小人。这一段讲孙悟空"大圣之观而往，小圣之剥而来"，孙悟空观察出来了，小圣这个阴是来剥阳的，来蚕食阳的，阳气会被一点点蚕食了。小人是很阴性的，他"斗变化"，用尽了心机，变来变去，不知不觉已经被蚕食了。"铁棒赛飞龙，神锋如舞凤"，说金箍棒就像一条飞龙，二郎神用的铁棒就像凤舞，飞龙是阳，舞凤是阴。"左挡右攻"，左就是阳，右就是阴，通过孙悟空和二郎神的打斗，展示元神、天眼是一对阴阳，天眼为阴，元神为阳，这是站在先天上说。站在后天上说，外显的是阴，内含的是阳。也就是说元神、天眼是一个东西，是内外的一对阴阳。

　　"这阵上梅山六弟助威风"，又是六这个坤阴之数，阴气助威。"两个钢刀有见机，一来一往无丝缝"，一来一往，连个缝隙都没有，讲的就是元神和天眼是一体的两面，通过二郎神和孙悟空讲元神和天眼的关系。观世音菩萨的徒弟惠岸，跟孙悟空打了五六十个回合，五六就三十。真君和大圣打了三百余回合，又是六阴之数，只不过比惠岸多了十倍。打完之后，就开始斗变化。大圣变了个麻雀，小圣变了个饿鹰；大圣变了个大鹚老，小圣变了个大海鹤；大圣变作鱼儿，小圣变作鱼鹰儿；大圣变作水蛇，小圣变作灰鹤；孙悟空又变成蛇、花鸨、一座庙，整个都是在讲变，在讲啄。老鹰的嘴要啄，阴要蚕食阳，而且非常的凶狠，最终一定要把你啄死为止，这是讲阴气对阳气的侵蚀是非常危险、非常残酷的。

　　视频6-5 http://www.tudou.com/programs/view/OQydCcOe8wM/

　　这时候孙悟空和二郎神，在灌江口打得不亦乐乎。观音菩萨在上方出了南天门来观战。"菩萨开口对老君说：'贫僧所举二郎神如何？——果有神通，已把那大圣围困，只是未得擒拿。我如今助他一功，决拿住他也。'"观音菩萨推荐二郎神来捉孙悟空，不要以为菩萨是助阴来灭阳，帮助阴来消灭阳，不是。"决拿住他"指的是坤灵，也就是说，通过阳升阴降，从否卦到观卦，到剥卦，最后到坤卦，就是这样，一步一步地坤灵就可以修成了，也就是说，金丹就修成了。他讲的是这个，不要误解了菩萨。

　　天眼是修道的副产品，是一面镜子，是人体的先天的自然功能。能够看到虚象世界，并不代表着得道。先天的肾气和大脑能量是一体的，用天眼看容易

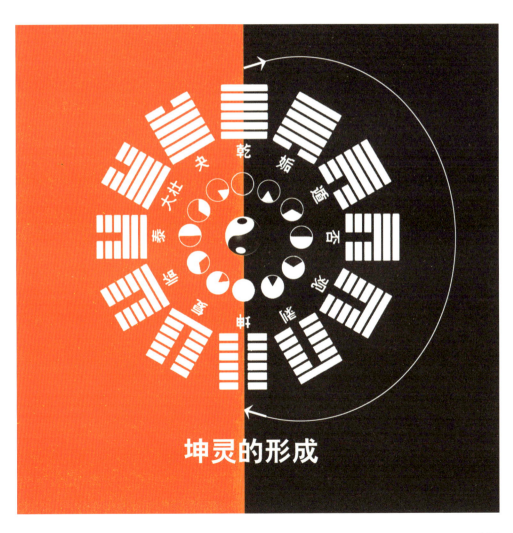

坤灵的形成

伤肾气，阳气足的人反而看到的少，阴气重的人反而看到的多。不是得了先天一气修出来的天眼，基本上都是附体的神通。天眼这个自然功能并不重要，重要的是开慧眼，明心见性，把本性的智慧打开。

六、顺时而止

"老君道：'菩萨将甚兵器？怎能助他？'菩萨道：'我将那净瓶杨柳抛下去，打那猴头；即不能打死，也打个一跌，教二郎小圣，好去拿他。"老君道："你这瓶是个磁器，准打着他便好，如打不着他的头，或撞着他的铁棒，却不打碎了？'"这讲的是净瓶还是有形的，无形的神往就可以了。一念就到了，一念事情就解决了。"老君……取下一个圈子，说道：'这件兵器，乃锟钢抟炼的，被我将还丹点成，养就一身灵气，善能变化，水火不侵，又能套诸物；

《老子》（油画，作者：韩金英）

一名金钢琢，又名金钢套。当年过函谷关，化胡为佛，甚是亏他。早晚最可防身。等我丢下去打他一下。'话毕，自天门上往下一掼，滴流流，径落花果山营盘里，可可的着猴王头上一下。猴王只顾苦战七圣，却不知天上坠下这兵器，打中了天灵，立不稳脚，跌了一跌"，爬起来又被二郎神的那个犬，照腿肚子上一口，又扯了一跌，所以这就被抓住了，用绳子捆起来了，"使勾刀穿了琵琶骨，再不能变化"，这就是剥卦，那电视剧里演的这个金钢琢往下扔的时候也是这样，它是扔到一个墙上，从墙上再弹回来，然后正好就打到孙悟空的头顶。其实老君讲的是善于变化。"还丹点成"、"养就一身灵气"，是说灵气养出来神丹。老君给的琢打中孙悟空，说的是顺势结丹，顺势丹的能量就灌进来。金钢琢是个圆圈儿，圈儿中间是空的，用中、用空，就是修道的方法。最后孙悟空被捆起来，被穿了琵琶骨，讲的是剥卦，就剩最后一口阳气了。这是通过故事情节，展示内在的阴阳变化、金丹法身的养育过程。

孙悟空和惠岸、二郎神打，最后是太上老君用一个金刚圈儿，打了他的天灵盖，整个过程其实都讲的是顺时而止。你没有能量的时候，硬要怎么做，叫不顺时。你没有能量，你就怎么做也是停止的，能量是停止的，是没有真的能量的。顺时而止是能量起来了，但是你能够空静，你的空和静就是"止"。这个止恰好就是行丹，一空静就能感受能量，所以这个方法用于结丹，用于还丹，这些都是靠顺时而止成就的。一灵妙有，先天一气这个灵性的能量是在虚无当中就凝结的，你在一个虚无的状态丹就结了。顺时而止是一个最重要的方法，这个不是有为的，是无为自然的。这里头含着很多口传的东西，在这一回里写得非常的隐晦。

总之，这里头说的观卦、剥卦、顺时而止，其实都是孙悟空他自己的事。他被困其实是他自己的自止。借菩萨来说这个观，其实是他孙悟空自己观。好像是太上老君扔了乾坤圈以后，就把他止住了，就把他降伏了，其实是借着太上老君来阐发顺时而止这个意思。最后被捉住，这个剥卦，借着二郎神把他降伏了，把他给置于这个地步了，其实是孙悟空自己到了剥卦的地步。孙悟空自己到剥卦，并不是他自己，而是天道，也就是说借大圣以明天道之剥，天道就是自然，他自然到了剥卦这个地步。祖师让人们知道，到了剥卦，后面必然是坤卦，再到复卦，再这样地循环往复，这就是天道，也就是让人们明白修道的这个阴阳变化过程，明白自然天道。

这一回比较难懂，藏着很深的东西，不便完全地直说，所以就借二郎神大战孙悟空，借观音菩萨、太上老君来帮忙，借这个故事来说，但它是有弦外之音的。如果你能够观察到里头的玄妙之处，在无形当中，能够"于无画无文处安身立命"，即是"观音之神妙"，观音菩萨就是在无形当中观察出来的。作者到底要说什么？如果能够看到无形中所含的奥妙，就会有无相生，从此通有人无，把无形世界和有形世界综合起来，就能够抓住里头真实的含义。二郎神大战孙悟空就讲这么多。

《时尚菩萨》（油画，作者：韩金英）

《西游记金丹揭秘》
主讲：韩金英

第七回
八卦炉中逃大圣
五行山下定心猿

大家好！今天我们讲《西游记金丹揭秘》第七讲——法身成就。

视频 7-1　http://www.tudou.com/programs/view/JarQBCNL90I/

这一回的故事讲的是孙悟空跳出八卦炉，又大闹天宫，如来佛来降他，把孙悟空压在五行山下。上一回是因为还有阴性，是因为有阴而闹天宫，这一回已经达到了纯阳，归于了自然，纯阳就是自然，和上一回闹天宫不一样，已经发生了一个质的飞跃。

一、题解

孙悟空和老天争权，要玉皇大帝的宝座。与天争权，好像说他无法无天，但为什么又说他是出于自然呢？"道法自然"，自然里有最本元的生机之气，天地的元气。这个元气是从无到有，无中生有，生出这个复卦，然后是二阳生的临卦，三阳生的泰卦，一直到六阳生的乾卦。阳极生阴，一阴生是姤卦，三阴生是否卦，五阴生是剥卦，到六阴生是坤卦。坤卦就是阳气又没有了，从无再生有，再生出复卦，"终终始始，万劫长存"。先天一气像宇宙的本元一样万劫长存。丹变纯阳，到了纯阳就与天为伍。

天是什么？"天行健，君子自强不息"，这个"健"就是先天一气。天之健不息，道之健也不息，先天一气永远在阴阳转换、循环。宇宙本元最核心的就是这个，就是道法自然、自然天道。当丹至纯阳的时候，丹脱离人体，与天争权就是自然而然的。因为他已经是天地的老大，一切的东西、一切的生命，都是从这里诞生的，他有一个很高级的地位。表面上看是和玉皇大帝争夺天地这个宝座，其实是当丹到纯阳的时候，他真实地就是这样一个很高的地位。人不再被造化所控制，摆脱了阴阳造化，跳出了三界、五行，成了造物主。造物

长生的先天一气

主就是阴阳。当丹成了的时候，就和造化一体了，与天争权、与天为伍是自然，是真实的自然，不是贪心，不是对官很迷恋，不是在乎功名利禄。

这回的题目叫《八卦炉中逃大圣 五行山下定心猿》。"八卦炉"指肉身，先天一气到后天变成了阴阳、五行、八卦。八卦炉中跳出来，是丹成了，要脱胎而出。孙悟空就是法身，是法身跳出肉身。"五行山下定心猿"，"心"是后天的意识心，"猿"是先天的本心。如果心猿定，先天的心和后天的心就同步、

八卦即先天一气

孙悟空出世 | 西游记金丹揭秘

合一，一心一意，五行就混化，五行就化成真一。丹其实就是元神、自然本心，就隐藏在后天的五行中。如果心猿不定的话，就被五行所压；如果心猿定的话，就把五行化为一。结胎的时候，你先天的心和后天的心还可以有距离，但当丹熟了，脱胎离开肉身了，你就必须心猿定，后天意识心一定要和先天的自然本心同步，纯一不二，一心来主宰整个的身心灵。

二、孙悟空是法身

一百回的《西游记》，前七回写孙悟空，写的就是法身，这七回已经把金丹写完了，它是全书的总纲。到后来的九十多回，都写的是如何修金丹，用唐僧这样一个例子，详细演绎修金丹的过程，而其中的关键，是改造后天意识心，让人的心和猿，也就是后天意识心和先天自然之心一致，把先后天合一。后面的九十多回讲的就是唐僧心灵的磨炼，从先后天不一致、南辕北辙，到先后天完全合一。修丹就是修心，心性不过关就处处遭磨难。后天的心是阴性的，磨难就是阴气的爆发。唐僧遭了

《凌波仙步》（油画，作者：韩金英）

九九八十一难，都是因为有后天这个心、阴性的心，一念就是一个魔境。前七回，从得水中金到养胎，到出胎，很简单，玩着就过来了，最不容易的就是这个心。唐僧的经历，就在展示修心之不易，一次一次地磨，才达到先后天的心同步了。

"话表齐天大圣被众天兵押去斩妖台下，绑在降妖柱上，刀砍斧剁，枪刺剑刳，莫想伤及其身。南斗星奋令火部众神，放火煨烧，亦不能烧着。又着雷部众神，以雷屑钉打，越发不能伤损一毫。"如果是一个人，承受这么沉重的打击，早就化为乌有了，但孙悟空却一点事都没有，因为孙悟空是法身，是无形的光，就像太阳光里无形的光能量，有形的敌人用再强烈的激光、再厉害的

《虚空阴阳》（油画，作者：韩金英）

武器，也是无法消灭它的。"被众天兵押去斩妖台下，绑在降妖柱上"，"天兵"就是神兵，"斩妖台"、"降妖柱"，是把孙悟空看成是妖，实际上是把法身、把一个金丹的光团看成是妖，所以要斩。这就是说，神仙这个级别的，根本就不懂，根本就不知道，这个就是万劫不坏的丈六金身，是永恒的宇宙的本元的生机能量。要把法身斩了，这是非常愚昧的笑话。当然，也借这个斩来展示法身的特点。"南斗星"，南是离卦，对着大脑。南斗星派的火是凡火。人的大脑、思想要有为地用一个什么火，只要是你的意识在做的，就是后天的火，后天的火是丝毫没有办法的，就是雷劈也不行。凡火、雷火……只要是后天的东西，就都奈何不了。

"太上老君即奏道：'那猴吃了蟠桃，饮了御酒，又盗了仙丹，——我那五壶丹，有生有熟，被他都吃在肚里，运用三昧真火，煅成一块，所以浑做金刚之躯，急不能伤。不若与老道领去，放在八卦炉中，以文武火煅炼。炼出我的丹来，他身自为灰烬矣。'""三昧真火煅成一块"，这讲的是火的凝聚作用。火的作用是把散的丹药、散的丹光能量聚在一起、凝成一团。"煅成一块金刚之躯"，"金"是永恒的意思，"金刚之躯"就是永远不坏的一个身，这个身就是法身，法身就是永恒不坏的。"三昧真火"是自动起的火。张伯端祖师就说："自有天然真火候，何须柴炭及吹嘘。"有为法说的加火、炼丹根本用不着。真火炼丹，自然的火是先天的火，先天的东西都是自然、自动化的。

2012年冬天，我进入了"火焚内院"阶段。"内院"即大脑，能量上到大脑，

西游记金丹揭秘

孙悟空出世

用真火进一步提纯。火从后背到头顶，一分钟就有好几次，持续了几个月时间。冬天关了暖气，穿一件单衣，还像夏天一样，一天出好多大汗，每天要洗澡。精化气，气化神。气是能量波，神就是光，从波到光，需要进一步提纯。煅烧掉能量中夹杂的阴气，变成纯阳的光，就靠这个真火，真火就有凝聚和提纯两个作用。人体的先天之火，最初的真阳之火，从命门到后背，是初级的火，伴随元精发动，其主要作用是消除全身的病气、阴气。三昧真火是身体转阳的工作已经完成，是高级阶段的真火，是能量已

《炉中长虹》（油画，作者：韩金英）

经上升到头部，在上丹田养丹，丹成熟将要脱胎的时候，从后背直接往头上起火。一阵阵好像很热，但一摸又没汗。初级元精发动的火里带电，狂躁、炽烈，那种性感状态让人受不了。到三昧真火的时候，已经没有了躁气，是一种非常柔和的热，它把散落的电凝聚到一起，形成一个光球，就是法身。这讲的是三昧真火。

三、八卦炉指肉身

视频 7-2　http://www.tudou.com/programs/view/p1G9YSqxyQE/

"原来那炉是乾、坎、艮、震、巽、离、坤、兑八卦。他即将身钻在'巽宫'位下。巽乃风也，有风则无火。只是风搅得烟来，把一双眼熏红了，弄做个老害病眼，故唤作'火眼金睛'。"孙悟空被推进八卦炉后，二郎神在外边喊了

一句"巽位有风"，孙悟空就站在东南巽位。巽乃风也，有风则无火，所以炼就了火眼金睛。"金睛"就是金丹，"巽"是巽风，和缓从容，是很柔和的风。当人开了玄关以后，先天一气日夜不停、一分一秒不停地进人人体。这个时候，你感觉到有一个很柔和的东西永远在动，就像小孩在胎里一样。这个动就是真息，真息是神息，神在动，这个神息就像柔和的风。位置相当于风池穴，也叫

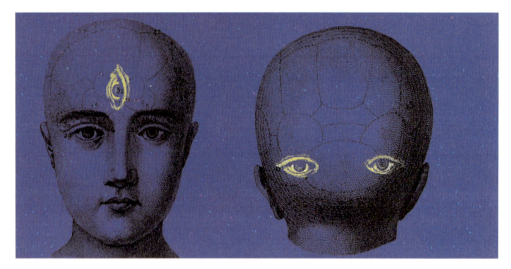

神窍

玉枕关，是耳朵后边对称的两个洞。玉枕关里面是玉鼎，是金丹成长的宫殿。玉枕关的两个洞，先天一气直接进到玉鼎。玉枕又叫神窍，神从这个窍出人。金丹是能量，出人时感到后脑一阵风。"巽位有风"其实讲的是金丹是从风池穴走出来的，这就明确了八卦炉是肉身。

　　巽风指很柔和的先天一气。结丹时贵于中，养胎时贵于和。丹是阴阳混一之气，大脑在一个中的状态，在兴奋和抑制的中点，不兴奋又不抑制，太抑制就睡着了，太兴奋就有念头。把自己归零在阴阳的交界点，最容易结丹。丹一个时辰可以结。结了丹以后养丹就需要柔和的先天一气，而先天一气是自然来的。丹不是人炼的，是天炼的，是天上的先天一气自动炼的。一百多年来，有

为的各种功法都炼不成，就是因为有为法达不到自然，"道法自然"，达不到自然，所以丹就成不了。

四、法身脱离肉身

刚才讲了孙悟空就是法身，八卦炉是肉身，接下来就讲法身脱离肉身。

"真个光阴迅速，不觉七七四十九日，老君的火候俱全。忽一日，开炉取丹，那大圣双手侮着眼，正自揉搓流涕，只听得炉头声响。猛睁睛看见光明，他就忍不住，将身一纵，跳出丹炉，嗡喇一声，蹬倒八卦炉，往外就走。"孙悟空从八卦炉里出来，"蹬倒八卦炉"，是说肉

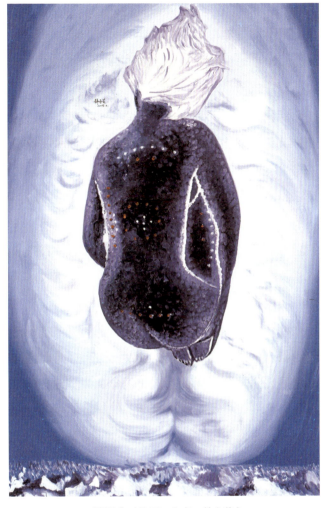

《脱胎》（油画，作者：韩金英）

身这个炉子在丹炼成以后就没什么用了。丹在体内的时候，需要精、气、神的精华来养；丹已经出来了，肉身就没什么用了，天地的高能量、先天一气直接在养育它了。丹是高能量体，丹气养足出来时，听到巨大的响声，好像炉子炸了，好像肉身炸开了一样。人胎的时候是老君的乾坤圈打中了大圣，大圣摔了一个跟头，顺势就人进来了；出胎的时候，孙悟空把炉子踢倒，老君倒栽葱，大圣脱身，这讲的是人鼎是结胎，出炉是脱胎。

七七四十九，七是元神的数，七七四十九是七的倍数，讲的是元神成了。元神的成熟就是丹熟，蹦出来一颗明珠。"命由自主，鼎炉无用，不为造化所拘，不为幻身所累"。之前丹在身体里，阴阳五行的生克制约着你。当丹出来以后，五行就制约不住了。"不为幻身所累"，指的是一点灵光。人的一生都在消耗原始祖气，消耗完了，能量没有了，肉身就解体了。一般的人，一点灵光是被动消耗的，人自己是做不了主的，现在这个局面改变了，自己可以做主，就是"不为造化所拘，不为幻身所累"。肉身囚禁像关监狱一样，囚禁它一生，把它消耗完，这个局面已经打破了，叫"不为幻身所累"，叫跳出樊笼。人体就是一个八卦笼，从笼子里跳出来，就是《人体黄金》这幅画表现的跳出后天的制约。金丹是一个光珠，是宇宙当中永生的光体。

孙悟空从八卦炉里跳出来之后，再一次大闹天宫，"即去耳中掣出如意棒，迎风幌一幌，碗来粗细，依然拿在手中，不分好歹，却又大乱天宫，打得那九曜星闭门闭户，四天王无影无形"。再次大闹天宫，是纯阳以后在天宫里，和天地融为一体。把九曜星、四大天王都打得无影无踪，讲的是"德厚鬼神钦"。一点灵光的寿命：男人是六十四年，女人是四十九年，四十九岁绝经，先天能量告罄。先天一点灵光就是德—元气，人的德很薄。修出金丹、脱胎之后，天人合一，一点灵光变得很多很多，叫"德厚"，德能量多了，鬼神都钦佩。

五、法身摩尼珠

视频7-3 http://www.tudou.com/programs/view/ftVYhHfKrAE/

法身是个光珠。《金丹》这幅画上，法身是这样一个光球。《西游记》里是这样描述摩尼珠的："混元体正合先天，万劫千番只自然。渺渺无为浑太乙，如如不动号初玄。炉中久炼非汞铅，物外长生是本仙。"摩尼珠是身外先天一气凝聚出的，"混元体正合先天"，先天那口元气又修出来了。这个过程，孙悟空用了三年，三年发生了很多的变化。"万劫千番只自然"，这些变化都是自然变的，不是人做的，也不是人炼的，是自然而然地、一天天地变过来的。"渺渺无为浑太乙"，完全是无为的，"太乙"就是先天一气，和先天一气混而为一。"如如不动号初玄"，先天一气是最初很玄妙的投胎那口元气，它是永恒的本性能量。"炉中久炼非汞铅，物外长生是本仙"，你投胎那口元气本来就是仙，就是长生不老的能量。你如果在炉子里头、在肉体里头炼汞和铅是不行的，真东西不在身内，在宇宙虚空。虚空中有无量的道德能量、先天一气，神仙是这个不生不灭的能量修成的。法身的特点：第一它是先天的；第二它是自然的；第三它是无为的；第四它是生命之初的玄妙的能量；第五它是外来的，就是"孙外公"，是天地的；第六它是你的本性能量。所谓本性佛，众生即佛，每个

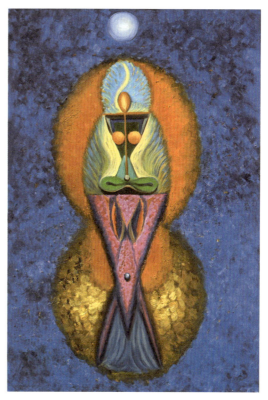

《金丹》（油画，作者：韩金英）

人投胎都有仙佛的种子。性命合一了，本性能量、智慧修出来了，就成仙成佛，这个精神体永生不死。

下面又有一首诗，讲法身修出来的结果。"变化无穷还变化，三昄五戒总休言。一点灵光彻太虚，那条拄杖亦如之"，金丹修出来了，它变化无穷，就像孙悟空七十二变，随意地变出任何东西。它是无形的光能量，可以以任何面目出现。它在画上，人看了画，元精发动了。它在文字上，人看了，天眼就看了。"三昄五戒总休言"，人世间的规矩、戒律"总休言"，没什么用了，框不住了。"一点灵光彻太虚"，一点灵光在虚空中闪耀。修出来的人，抬眼、闭眼都能看到一个亮点，星星般闪耀。"那条拄杖亦如之"，"拄杖"就是金箍棒，你的金丹脱胎出来了以后，凡是和你有关的东西，都浸染了你的生命能量，你

《先天一气》（油画，作者：韩金英）

的书、你的画都会玄妙地发生能量影响。随着你本人能量的提升，你的工具的作用也大幅度提升。"或长或短随人用，横竖横排任卷舒"，讲的是金箍棒随便使、随便地变。

之后又有一首诗讲如何修法身："大圣齐天非假论，官封弼马是知音。马猿合作心和意，紧缚牢拴莫外寻。万相归真从一理，如来同契住双林"。"齐天非假论"，寿齐天地是真实的。先天一气是永恒的，得了先天一气，人的精、气、神凝聚为一，变成一颗金丹，在人体之外，叫"身外身"，这是真实的，齐天大圣不是吹牛的，是真实的。"官封弼马是知音"，弼马温是给玉帝养马的，玉帝的天马是龙，御马是御龙。元神是龙的符号，孙悟空是元神，元神和龙当然是知音。"马猿合作心和意，紧缚牢拴莫外寻"，丹虽然是外面的先天一气给你养成的，但是你不用外求，只要修心就行了。你把后天意识心修好了，自然就能得到先天一气。"万相归真从一理"，"一"是不生不灭的永恒能量，一切都归一。你有了"一"的心灵，丹自然就能修出来。"如来同契住双林"，"双林"讲的就是法界如来的地位，就是无所从来、无所从去，进入"一"，进入永恒，就是万法俱空，了真性，成妙觉金身，就是进入了不生不灭的、永恒的境界，就是到了如来的境界。

小说用三首诗描写法身摩尼珠，总结起来一共有十个特点：先天、自然、无为、初玄、物外、本仙、变化无穷、无所不在、一点灵光彻太虚、工具也和

《本性即佛》（油画，作者：韩金英）

人一样变化无穷。人只要做到了一心一意的状态，把心灵状态问题解决了，丹
自然而来，不用你费心。如果你这个心没有解决，练什么功都没用。先天的真
气人不能练，真的东西，先天的东西是自然的东西，你人练的就是不对的。了
命、了性，性命合一才是金丹。不悟道、不明心见性，就是还没了性，就还是
二心的状态，还是一个颠倒妄想的俗人的心灵，就是没有了性。性地不清明，

就还在阴阳五行里头，还困在里头。只有归一了以后，了性了以后，才能进入生生不息的先天生命状态。

《人体黄金》局部（油画，作者：韩金英）

视频 7-4　http://www.tudou.com/programs/view/m5qMUfRju-Q/

再接着讲这个摩尼珠。"这一番，那猴王不分上下，使铁棒东打西敌，更无一神可挡。只打到通明殿里，灵霄殿外。""通明殿"，讲的是纯阳，"明"是光，通明殿是纯阳之象。"通明殿里，灵霄殿外"，一片的天光，一片的光明。"调三十六员雷将齐来，把大圣围在垓心，各骋凶恶鏖战。那大圣全无一毫惧色，使一条如意棒，左遮右挡，后架前迎"。丹成了以后，无拘无束，一灵妙有，法界圆通。丹是先天一气、大道能量，变化之妙，一灵妙有，法界圆通，该做什么有绝对的自由，自然就会做什么。孙悟空好像是与天争权，夺玉帝的宝座，和天神打，其实不是。丹成了以后，无为自然，心想事成。虽然还有肉身，但是已经是在法界生活的一个生命了，能量围着你转。

"圆陀陀，光灼灼，亘古长存人怎学？人火不能焚，人水何曾溺？光明一颗摩尼珠，剑戟刀枪伤不着。"我们投胎那口元气就是一颗摩尼珠，刀、枪、水、火都奈何不得，讲的就是法身。法身是正反两方面的，"也能善，也能恶，眼前善恶凭他作。善时成仙与成佛，恶处披毛并戴角。无穷变化闹天宫，雷降神兵不可捉"。为善能成仙做佛，为恶是说元神还有魔性、脾气秉性，有好多的缺点，还要进一步地纯化。丹成了，脱胎了，必须要了性，把本性修理好，不然的话就是个麻烦。"雷将神兵不可捉"，先天一气从无到有，一阳复卦，二阳临卦，三阳泰卦，四阳大壮卦，五阳夬卦，六阳乾卦到，一阴的姤卦，二阴的遁卦，三阴的否卦，四阴的观卦，五阴的剥卦，六阴的坤卦，它是无始无终、万劫长存的，这就是先天一气。道德能量"刚健中正"，如一颗摩尼宝珠，光辉通天彻地。开天眼的人能够看到，它是一个光球。

金丹法身万劫长存。学金丹的人要知道，我们现在学的到底是什么？是一个光辉通天彻地、水火不能伤、刀兵不能加、命由自主不由天地、天兵神将也无可奈何的无形能量，是人类文化里头最高的文化、生命里头最高的生命成就，能把一个普通的人变成一个圣人，是最高的生命的艺术，是最高级的东西。

六、五行山下

玉帝、天神都没有办法，就派二郎神把如来佛请来了。三十六员雷将围着他打，打到最后也是拿不住他。佛祖就说，你们都起来，我跟他说说，我问问他，"我与你打个赌赛：你若有本事，一筋斗打出我这右手掌中，算你赢，再不用动刀兵苦争战，就请玉帝到西方居住，把天宫让你；若不能打出手掌，你还下界为妖，再修几劫，却来争吵"。孙悟空在天宫闹，是说他还没有了性，丹已经脱胎了，但他的心性还没有修好。结了丹，脱了胎，你了命不能了性，就还不能到"一"的境界，你只有到了"一"的境界，在一个不生不灭的境界

《和气》（油画，作者：韩金英）

了以后，你才能够免除轮回。佛祖说你再修几劫来吵，就是说你再去下界，再
去人间轮回，还要很多劫的轮回，你才能够修好，也就是把他贬下凡，让他"下

界为妖"，还让他去做妖。有本事，但心性不行，就还是妖。

孙悟空驾着云就走了，回来后，"站在如来掌内道：'我已去，今来了。你教玉帝让天宫与我。'如来骂道：'我把你这个尿精猴子！你正好不曾离了我掌哩！'大圣道：'你是不知。我去到天尽头，见五根肉红柱，撑着一股青气，我留个记在那里，你敢和我同去看吗！'如来道：'不消去，你只自低头看看。'那大圣睁圆火眼金睛，低头看时，原来佛祖右手中指写着'齐天大圣到此一游'"。"天尽头"，其实讲的是道。道生一， 一生二，二生三，三生万物，道就是无，无就是天尽头。"五根肉柱子撑着一股青气"，一口青气就是元神，元神就是一口青气。五根柱子讲的是金、木、水、火、土五行，五行合一是元神。在如来佛中指上写了"齐天大圣到此一游"，如来佛的手就是"一"，是不生不灭的本体，他的中指这个"中"，就是本性，"中"就是道。在中指上写了字，讲的就是孙悟空已经了性，了命之后又了了性，归于不生不灭的妙觉之地，就是归于了"一"。

脱胎后就脱离了阴阳，到了一个无边无岸的虚空世界。在那个虚空世界里头的事业，才是修道的开始，在虚空外的事业才是修道。如来佛是不生不灭的本体，孙悟空逃不出如来佛的手掌，孙悟空是法身，法身胎脱了以后只是了了命，但是，了命离不了本性，离了本性，先天真气根本就接不通。脱离不了如来佛的手掌，是说性命是不离的，性命是一个东西。你说要练什么了命，那个命也不是先天的真命，是后天的假命。了了先天这个真命，还必须了真性，真命真性是一体的，是不能分的。

原文这样写的："好大圣，急纵身又要跳出，被佛祖翻掌一扑，把这猴王推出西天门外，将五指化作金、木、水、火、土五座联山，唤名'五行山'，轻轻的把他压住。"孙悟空被压在五行山下。如来佛手一翻就变成了五行山，就把这个猴子压住了，讲的是必须要五行攒簇，法身必须要有五行来支持。先天的一藏在后天的五里，金丹在肉身里怎样出来？五脏转阳，五色光出来，五气朝元。丹出来以后，还要有无形的五支持。丹在体内是内五行托着，丹在体

《天书》（油画，作者：韩金英）

外，是天地的外五行之气在托着它。

　　五行扣着一气，也是五行混化为一气，才能入于真空妙有的大觉之地，进入到如来本性的清明性地。如果没有五行的支持，你是空的，就不能证到如来的大觉之地，就到不了不生不灭、真空出妙有的境界。河图那个五元——元精、元气、元神、元情、元性——就是法身。如果你的后天意识心能够不捣乱，能够理解你的先天元神的本心，能够完全解读它的意思，那你就是一心。你只要是一心，得丹就易如反掌。如来佛的手掌一翻过来，化成五行山，就把孙悟空扣住了，很简单。也就是说，你心猿定，是自然本心当家做主，成道这个事就易如反掌、非常容易。我什么功都没练过，2009 年 9 月，我在道德经艺术馆画画的时候，玄关就开了，有了天然的神息，把圣胎就养出来了，2012 年的 9 月份又脱胎了。经过 2013 年一年的磨炼，已经长大成熟了，金丹的功力就逐渐地显化出来了。所以说，修金丹易如反掌，只要你先后天的心灵合一，你的识神和元神合一，丹就不炼而成。心猿定，五行混化，修金丹易如反掌。

七、安天大会

这时候孙悟空被制服了，天宫就一片欢庆，都来谢佛恩："不一时，那玉清元始天尊、上清灵宝天尊、太清道德天尊、五炁真君、五斗星君、三官四圣、九曜真君、左辅、右弼、天王、哪吒，玄虚一应灵通，对对旌旗，双双幡盖，都捧着明珠异宝，寿果奇花，向佛前拜献曰：'感如来无量法力，收伏妖猴。蒙大天尊设宴呼唤，我等皆来陈谢。请如来将此会立一名，如何？'如来领众神之托曰：'今欲立名，可作个安天大会。'"蟠桃会被孙悟空搅了，他们把孙悟空降服了以后，就把蟠桃会叫安天会了。"安天"是什么意思呢？天就是先天，后天叫生命，先天叫性命，性命俱了，就是安天，先天的性命完美了，就是天安了。所谓的安天大会，实际上就是性命俱了。孙悟空走到天尽头，已经达中了。"达中者达道也"，他已经达道了。道就在玄关里，玄关一窍就是道。他已经到了那个地方了，已经了命了。脱胎就是了命，了命又达中了就是了性，性命俱了，性命不离。孙悟空被佛祖的手变成的五行山压在山底下，讲的是性命不离。把你的先天、把性命这个大事给办好了，叫"安天大会"。

这些人都来谢佛。其实众仙谢佛讲的是一个法身成就众仙道贺，敬贺的是这个法身，就是如来法身。这个时候好像是给佛献礼，其实是众仙来道贺，给孙悟空献礼。因为孙悟空是修成了的，他是借着佛在说。"只见王母娘娘引一班仙子、仙娥、美姬、毛女，飘飘荡荡舞向佛前，施礼曰：'……今是我净手亲摘大株蟠桃数颗奉献。'"西王母把九千年一熟的、寿齐天地的大桃子奉献给佛祖。然后老寿星又到了，寿星送的是碧藕金丹。"碧藕金丹奉释迦，如来万寿若恒沙。清平永乐三乘锦，康泰长生九品花。无相门中真法主，色空天上

西王母宴请

是仙家。乾坤大地皆称祖，丈六金身福寿赊。""碧藕金丹"，碧绿的藕讲的是人的本心，藕、莲花比喻本心，"奉释迦"也就是奉本性，藕长出来的这朵金莲、这朵金花就是如来。"如来万寿若恒沙"，如来是不生不灭的，"若恒沙"就是万寿，真正的万寿无疆。如来才是万寿，法身是不生不灭的，这朵金莲是万寿无疆的。"清平永乐"，是永乐的，"三乘锦"就是最上一乘的、无上的道果。"康泰长生九品花"，元精发动的时候，坤腹生莲。能量上来、三沟九洞出来了以后，就是九品莲花。这一朵莲花上来了以后，就变成了纯阳，九是纯阳的数。我的这幅《泥丸夫人》就是九品金莲，从阴阳到纯阳。"无相门中真法主"，"无相门"就是"一"，一就是不生不灭，二就是有生有灭。"色空天上"就是般若涅槃，就是人的本性，天性是"仙家"。"乾坤大地皆称祖，丈六金身福寿赊"，"赊"是用不完的意思。"丈六金身"讲的是本性能量，这朵金莲是永远用不完的福寿。一灵来投胎，如果是一个修成的人再来，他带的就是巨大的福寿，他在人间这一世就有享不完的福、活不完的寿，就是大富大贵人的一生。他需要来的时候是这样，不需要根本不用来，他就在极乐世界永享极乐。"丈六"、"九品"都讲的是命，"无相门中"、"色空天上"讲的是性。寿星老送给如来佛的这首诗，对如来佛的称赞，就是对法

《泥丸夫人》（油画，作者：韩金英）

身的称赞，也是对孙悟空的称赞。性命俱了这件大事解决了——佛"为一大事因缘而来"，最大的事就是性命这个事——就是人生最大的意义。这个问题解决了，就能利用你的人身，成为一个不生不灭的永生体。

下边，"只见个巡视灵官来报道"，"灵官"是人的神和灵这个层次的，不是现实的。"'那个大圣伸出头来了。'佛祖道：'不妨，不妨。'袖中只取出一张帖子，上有六个金字：'唵嘛呢叭咪吽'"。六字真言就是法身脱胎的真诀。把这个东西贴在那，什么时候揭下来，法身就脱出来了。"如来即辞

179

了玉帝众神，与二尊者出天门之外，又发一个慈悲心，念动真言咒语，将五行山召一尊土地神祇，会同五方揭谛，居住此山监押。但他饥时，与他铁丸子吃；渴时，与他溶化的铜汁饮。""铁丸子"、"铜汁"都是金属，孙悟空是水中金，也就是说同类相济，他的同类会帮助他的。"待他灾愆满日，自有人救他"，后来，唐僧路过这儿的时候，把那个六字大明咒字帖给揭了，孙悟空就从山底下出来了，这是后边的情节。"自有人救他"，这句话就很重要。"自有神明暗佑，真人来度"是说，如果你有志气修金丹，了这个性命大事的话，"自有神明暗佑"，就会有修成的真人、修成的仙佛，在暗中帮助你；"真人来度"，就一定有成道的真人来度你。修金丹是一项隐显共传、看得见的和看不见的生命共同来完成的一项事业。对"暗中自有神明来度"我们都有体会。一个普通人的一句话，可能就是真人通过他的嘴在说话。真人是无形的，他通过有形来显化，所以修金丹是简单又好玩的。《西游记》的第七回就讲这么多。到第七回就已经把金丹讲完了，后边的九十多回，只不过是细节而已，通过很多的故事来讲细节。